Une farouche princesse

MILLIE ADAMS

Une farouche princesse

Traduction française de
ALEXANDRA TEISSIER

AZUR

HARLEQUIN

Collection : Azur

Titre original :
STEALING THE PROMISED PRINCESS

HARPERCOLLINS FRANCE
83-85, boulevard Vincent-Auriol, 75646 PARIS CEDEX 13
Service Lectrices — Tél. : 01 45 82 47 47 - www.harlequin.fr
ISBN 978-2-2804-5682-1 — ISSN 0993-4448

Composé et édité par HarperCollins France. Achevé d'imprimer en juin 2021.
par CPI Black Print - Barcelone - Espagne
Dépôt légal : juillet 2021.

FSC
www.fsc.org
MIXTE
Papier issu de sources responsables
FSC® C159065

Pour limiter l'empreinte environnementale de ses livres, HarperCollins France s'engage à n'utiliser que du papier fabriqué à partir de bois provenant de forêts gérées durablement et de manière responsable.

1.

— Violet King ? Je viens collecter une dette.

Le combiné à l'oreille, Violet leva les yeux vers les baies vitrées de ses bureaux qui dominaient l'océan Pacifique tout en reflétant les autres postes de travail derrière elle.

Aucune cloison ici, car elle privilégiait la coopération et les échanges créatifs au sein de l'équipe. Son management visionnaire avait contribué à faire d'elle l'une des plus jeunes milliardaires dans son secteur d'activité, les cosmétiques, alors qu'elle était partie de rien, ou presque. Son père, Robert King, lui avait fourni les fonds nécessaires pour se lancer. Mais après tout, pas de création d'entreprise sans investisseur, n'est-ce pas ? Parfois, c'était un parent. Cela n'empêchait pas qu'elle se soit faite toute seule. En outre elle avait largement fait ses preuves depuis et remboursé cet argent au centuple. Cela, sans afficher la moindre dette.

Le discours de son correspondant n'avait donc aucun sens.

— Ce doit être une erreur…

— Pas du tout.

Au bout du fil, une belle voix grave avec un léger accent difficile à identifier, proche de celui de Dante, son beau-frère d'origine italienne. Espagnol, peut-être ?

— Je ne dois rien à personne, répliqua-t-elle sèchement.

— Oh. Je me suis mal exprimé, sans doute. Vous ne me devez rien, vous êtes la créance à recouvrer.

Le ventre de Violet se contracta.

— Comment avez-vous obtenu ce numéro ?

— Aucune importance.

Les réseaux sociaux lui dévorant son temps, elle protégeait sa ligne privée avec la férocité d'une lionne défendant sa tanière. Seuls ses associés et ses proches pouvaient la joindre par ce biais.

Elle frissonna et se retourna d'un bloc. Personne. À cette heure tardive, tous ses employés étaient déjà repartis. De toute façon ils travaillaient souvent à distance, depuis leur domicile ou même la plage, partout où l'inspiration les prenait. Chacun répondait présent sans qu'elle ait besoin d'imposer de longues heures de présence au bureau pour boucler les projets en cours.

Ce soir elle était seule. Évidemment. On n'entrait pas dans ce bâtiment sécurisé, équipé d'un Interphone, comme dans un moulin…

Elle capta tout à coup un mouvement derrière la paroi vitrée du fond et se figea, glacée. Une silhouette sombre se faufilait d'un cube de verre à l'autre tel un requin glissant sous la surface d'une eau claire, ses contours se précisant à mesure.

Un homme.

Le cœur de Violet partit au galop. Elle porta une main moite à sa poitrine oppressée.

— Allô ! Vous… Vous êtes ici ?

La communication avait été coupée. Violet retint son souffle, les yeux rivés sur l'intrus qui avançait toujours.

Les vitres étaient à l'épreuve des balles, c'était déjà ça. Il y avait tant de détraqués, on n'était jamais trop prudent. Une leçon qu'elle avait apprise très jeune, propulsée dès l'enfance sous le feu des projecteurs par un père parmi les plus riches hommes d'affaires de Californie. Le clan King exerçait une certaine fascination auprès des médias. La carrière éblouissante de son frère, la beauté de sa mère, ses propres succès professionnels… Cette attention constante la mettait mal à l'aise. Son père l'invitait à savourer sans se poser de questions, arguant que rien ne l'obligeait à se démener pour réussir puisqu'il avait déjà fait l'essentiel avant sa naissance.

D'abord déconcerté par son désir de se lancer dans les affaires, Robert King l'avait néanmoins aidée pour lui faire plaisir. Aujourd'hui encore, elle avait le sentiment qu'il considérait son empire d'une valeur de plusieurs milliards comme un simple passe-temps. Seule la benjamine de la famille, Minerva, que Violet tenait depuis toujours pour la plus futée de tous, était parvenue à mener la vie qu'elle voulait en se faisant discrète au point de se fondre dans la couleur des murs. Violet avait joué le coup différemment, et parfois le manque d'intimité devenait si exaspérant qu'elle regrettait son choix de vie. À quoi bon, se demandait-elle, avoir reçu en partage fortune et succès, plutôt qu'une vie modeste et anonyme…

Dieu merci, l'œuvre de bienfaisance qu'elle gérait avec sa sœur donnait du sens à tout le reste, et notamment aux bienfaits qui lui avaient été accordés. Cela l'apaisait et rendait supportables les intrusions dans sa vie privée… Mais pas ce soir.

Ce soir elle se sentait vulnérable, ainsi prise au piège dans cette cage de verre créée par ses soins, bien trop visible et réduite à regarder son prédateur approcher.

Appeler la police. Tout de suite.

Ses doigts tremblants pianotèrent sur le clavier du téléphone fixe. Occupé. Elle avait gardé cette ligne par sécurité, pour l'intimité, et voilà qu'elle lui faisait défaut !

Son portable ! Où l'avait-elle posé ?

Sur la table, là-bas, près de la porte. Trop loin.

Et soudain il apparut derrière la cloison vitrée de son bureau.

Grand, imposant, tout de noir vêtu. Gainé dans un costume dessinant une silhouette délicieusement ferme. Carrure large, tronc fuselé, longues jambes toniques… Une force de la nature, songea Violet. L'image lui vint d'une paroi rocheuse dénuée de toute aspérité où caler ses pieds.

Quant à son visage... Il lui évoqua celui d'un ange déchu. Une douceur inattendue, démentie par une cicatrice courant de la pommette au coin de la lèvre, comme un avertissement.

Cet individu était redoutable.

— Pouvons-nous discuter ?

Violet ressentit les vibrations de cette voix grave jusque dans son ventre en dépit de la paroi de verre qui les séparait.

— Comment êtes-vous entré ici ?

— Je possède une clé, ma chère.

— Je ne suis pas votre « chère » !

— Exact. Vous êtes ma proie. Et je vous ai trouvée.

— Rien de plus facile, répliqua Violet en relevant le menton. Je suis une célébrité.

— C'est vrai. Ce qui, entre nous, me fait douter de la santé mentale de mon frère. Mais je suis ici pour exécuter les ordres.

— Dans ce cas... Sortez !

— Je travaille pour une personne et une seule. Et ce n'est pas vous.

Violet pinça les lèvres.

— Qu'est-ce que vous voulez ?

— Je vous l'ai dit. Je suis ici pour recouvrer une créance et vous êtes cette créance.

Lorsque son frère lui avait annoncé que le moment était venu de concrétiser le marché conclu avec Robert King dix ans plus tôt, le prince Javier de la Cruz avait acquiescé sans poser de questions. Une décision royale ne se discutait pas. Mais pourquoi aujourd'hui ? Et pourquoi cette femme-ci ?

Elle semblait tout l'inverse de Matteo. Libérée, moderne, tapageuse... Le contraste était presque douloureux avec

Monte Blanco, qui émergeait à peine du Moyen Âge. Le royaume avait fait des progrès depuis deux ans sous la férule éclairée de son frère, mais le chemin était encore long pour l'extraire des ténèbres dans lesquelles l'avait plongé leur père. Violet King semblait si éloignée de leur peuple, comment l'imaginer devenant sa reine ?

Sans doute était-ce un choix délibéré de la part de son frère. Quoi qu'il en soit Javier n'était pas en mesure de soulever des objections. En sa qualité de bras armé de Monte Blanco il se bornait à exécuter les ordres. Des années durant, il s'était ainsi employé à saboter la politique paternelle pour atténuer son impact désastreux sur le peuple, déminant les conflits, libérant des prisonniers retenus à tort. Tout cela sous le contrôle de son aîné Mattéo, qui dès son arrivée au pouvoir avait redonné de l'air au pays en employant à bon escient l'argent gagné grâce à son flair en affaires.

Le marché avec Robert King était de ceux conclus en secret par son frère. Une vieille histoire de pari perdu après quelques verres dans un casino monégasque. Ce brusque rappel à une promesse d'ivrogne avait surpris Javier, mais Matteo restait traditionnel dans l'âme, en dépit de sa volonté de réformes. Cette tractation d'un autre âge lui correspondait assez bien.

Tout de même, contraindre cette femme à l'épouser… Javier n'en revenait toujours pas.

En tailleur blanc, veste épaulée sur pantalon fluide, les cheveux bruns attachés en queue-de-cheval basse et soyeuse, elle était d'une beauté renversante. Et si jeune ! Son maquillage tenait du masque, avec des cils incroyablement longs, les lèvres charnues exagérées par un excès de gloss, les joues soulignées d'un fond de teint trop vif… Mais encore une fois, il n'avait pas les moyens de discuter. Il n'était qu'un soldat, pas un stratège. L'essentiel, c'était la vision du roi pour le pays, et il veillerait à sa réalisation. Ce rôle lui convenait par son honnêteté, tandis que son frère était contraint de cacher ses intentions réelles pour rendre le monde confortable, au nom de la diplomatie.

— J'ignore qui vous êtes et de quoi vous parlez, dit-elle.

Sans mot dire, il composa le code donné par Robert King sur le boîtier de la porte vitrée et pénétra dans le bureau.

Elle se rencogna contre son dossier, les yeux dilatés de terreur.

— Qu'est-ce que vous faites ?

— Cela devient pénible. Je suis le prince Javier de la Cruz, de Monte Blanco. Et vous, Violet King, êtes l'épouse choisie par mon frère.

Contre toute attente, elle s'esclaffa bruyamment.

— Je ne suis l'épouse choisie par personne !

— Votre père a contracté une dette envers mon frère. Il semble qu'il ait épuisé son capital à une table de jeu un soir d'ivresse. Par défaut, il a proposé votre personne. Je suis venu vous chercher.

— Mon père ne ferait jamais une chose pareille. Me perdre au jeu ! C'est ridicule. Mon frère, en revanche… Un canular de ce genre lui ressemblerait assez. Il y a des caméras quelque part ? Je suis filmée ?

— Non.

Elle se remit à rire.

— C'est obligé ! Mon père est un homme moderne, jamais il ne perdrait une de ses filles au jeu. Quand ma sœur est revenue d'Italie avec un bébé il les a accueillis tous les deux à la maison sans poser de questions. Il ne traite pas ses enfants comme de vulgaires marchandises…

— Eh bien, vous devriez lui parler, peut-être.

— Inutile. Tout ceci est grotesque !

Brusquement la patience lui manqua. Il n'avait pas le temps de se laisser rire au nez par une petite écervelée. Il fondit sur elle, la souleva du fauteuil et la hissa sans façons sur son épaule.

Ignorant superbement les cris et la grêle de coups sur

sa poitrine, il l'emmena jusqu'au parking où les attendait la limousine et la déposa sur la banquette arrière.

Une fois les portières verrouillées, elle cessa enfin de se débattre et vrilla sur lui un regard apeuré. Était-il possible qu'elle le croie enfin ?

— Violet King, dit-il, je vous ramène dans mon pays, dont vous deviendrez sous peu la reine.

2.

Elle n'avait pas son téléphone. Autant dire qu'elle était amputée de sa main droite. Plus moyen de joindre quiconque… La reine des réseaux sociaux réduite au silence au moment d'apprendre qu'elle allait devenir reine d'un peuple, une drôle d'affaire.

Allons ! Ce type était juste un malade mental. Mais un malade qui ne manquait pas de moyens, visiblement.

— Elle est à vous, cette limousine ?

— Non.

— Pour qui travaillez-vous ?

— Je vous l'ai dit, pour mon frère, roi de Monte Blanco.

— Je ne sais même pas où c'est !

— Ce n'est pas exactement un haut lieu touristique.

Violet fouilla ses souvenirs. La géographie n'était pas son point fort, mais elle avait beaucoup voyagé pour son travail et puis elle adorait découvrir de nouveaux territoires, faire des rencontres… Rien à faire, Monte Blanco n'apparut nulle part sur son radar.

— La limousine n'appartient pas non plus à mon frère, si vous voulez tout savoir. Ni lui ni moi ne songerions à posséder une chose aussi… ostentatoire, acheva-t-il avec une moue de mépris.

Vieille fortune, conclut Violet, familière de la chose et du dédain envers le futile qui l'accompagnait. Un dédain qui visiblement débordait sur elle, si exposée, si médiatisée… Pourtant ces sommets avaient été atteints à la sueur de son front ! Elle avait bâti sa prospérité en vendant de la beauté, plus précisément de l'éclat, invitant les femmes à se chouchouter, à se maquiller pour elles-mêmes, pour se sentir belles, et non pour plaire aux hommes nécessairement.

Alors oui, bien sûr, Violet King elle-même ne passait pas inaperçue, et si cela lui posait problème, à ce cinglé, il pouvait s'éjecter illico de cette voiture pour s'écraser sur le bitume de la *San Diego Freeway*, elle ne le pleurerait pas !

— Vous êtes donc snob, dit-elle. Et impliqué dans un enlèvement.

Elle pouvait aussi avoir affaire à un comédien. Pas riche du tout, engagé pour lui jouer un tour.

Ou pour lui faire du mal.

L'angoisse lui serra la gorge. Elle n'en montrerait rien. À quoi bon ces couches de maquillage, si elles ne servaient pas de camouflage à l'occasion ?

— Je ne suis pas snob, je suis un prince !

— Mais bien sûr. D'un pays inconnu au bataillon…

Les kilomètres défilaient. Il fallait se résoudre à envisager que cette aventure puisse ne pas être une plaisanterie. Cet homme semblait projeter pour de bon de l'emmener dans son pays… Si ce pays existait. Sur ce point, elle n'avait que sa parole. Déjà qu'il s'imaginait qu'elle allait épouser son frère, peut-être nageait-il en plein délire à tous les niveaux.

— Je veux appeler mon père, dit-elle.

Sans un mot, il lui tendit son téléphone.

Elle le lui arracha des mains et composa à toute allure le numéro privé de son père.

— Papa ? Une espèce de détraqué vient de m'enlever… Je suis dans sa limousine… Il prétend que tu as conclu un marché il y a des années et que je suis censée épouser son frère.

Robert King mit quelques secondes à réagir. Sous le choc, à coup sûr. Il y avait de quoi. Une histoire aussi abracadabrante ! Forcément, il tombait des nues. Puisqu'il n'avait rien à voir avec tout ça. Rien. C'était impensable.

— Papa, si tu pouvais juste lui dire qu'il est fou à lier…

— Violet, articula une voix méconnaissable, éraillée, à cent lieues du personnage lisse et confiant qu'elle avait toujours admiré.

Elle savait que son père n'était pas parfait. Sa carrière l'intéressait peu. Avec Maxim il parlait volontiers affaires, mais, parce qu'elle œuvrait dans un secteur exclusivement féminin et qu'elle était une femme de surcroît, il semblait voir dans son travail un vague passe-temps dénué de substance. Tout de même, il n'irait pas jusqu'à… Jusqu'à la voir comme une monnaie d'échange !

— Il raconte n'importe quoi, n'est-ce pas ?

— Je n'aurais jamais cru que Matteo donnerait suite, Violet. Passé ton vingtième anniversaire, comme il ne m'avait pas fait signe… Je me suis dit qu'il avait oublié.

— Tu m'as promise à un roi ? !

— Allons ma fille, il y a pire, j'aurais pu te promettre à un vendeur de voitures d'occasion.

— Mais… On ne peut pas promettre une personne à une autre ! Je suis un être humain, pas une vache !

— Je suis désolé, Violet. Franchement, je ne pensais pas que…

— Je ne marcherai pas dans la combine. Hors de question ! s'écria Violet en tournant les yeux vers la vitre. Qu'est-ce qui m'empêche de sauter de la voiture, là, tout de suite, hein ?

— Nos sociétés. Elles seront à lui.

— Toutes ?

— La tienne et la mienne. Souviens-toi, j'héberge la tienne pour des raisons fiscales et…

— Et pas celle de Maxim ?

— Non, concéda son père après un temps.

— Alors tu as hébergé la mienne pour ça, en fait ?

— Pas du tout. Je m'inquiétais pour toi. Je pensais…

— Tu pensais que je n'étais pas de taille. À tes yeux je ne suis pas l'égale de Maxim. Sinon tu ne m'aurais jamais fait un coup pareil… Je n'arrive pas à le croire !

Elle comprit qu'il ne servait plus à rien d'argumenter. Son père l'avait bel et bien vendue à un étranger comme du bétail. Voilà qui confirmait le peu de valeur qu'il accordait à sa personne.

Il n'avait pas l'esprit si ouvert que ça finalement, en dépit de sa magnanimité envers Minerva deux ans plus tôt. Il avait accepté les excentricités de sa petite sœur par ailleurs très discrète de nature mais se refusait à voir en elle, l'aînée pourtant, une femme d'affaires sérieuse.

Violet fixa son ravisseur assis sur la banquette de cuir face à elle. À tout prendre, se dit-elle soudain, cet homme était une option plus saine.

Elle raccrocha sans même dire au revoir.

— Ainsi, vous dites la vérité.

— Je n'ai aucun intérêt à vous mentir, répliqua Javier. Je n'ai aucun intérêt dans cette histoire d'une manière générale. Mon frère m'a demandé de venir vous chercher, ce que je fais.

— Vous êtes une sorte de saint-bernard, en somme ?

Une lueur d'amusement traversa, glaciale, ses yeux noirs.

— On ne me dresse pas si facilement.

— Pourtant vous voilà aux ordres d'un autre…

— Mon roi. Pour ma patrie. Mon frère et moi faisons bloc depuis plus de dix ans pour empêcher l'anéantissement de Monte Blanco. Notre père exerçait une dictature devenue incontrôlable vers la fin de sa vie. Nous étions l'unique rempart empêchant sa poigne de fer de s'abattre sur notre peuple. Aujourd'hui nous nous attachons à reconstruire. Mon frère peut choisir qui il veut comme épouse, c'est son affaire. Sauf votre respect, votre sensibilité d'Américaine, votre argent, votre réussite, je m'en moque. Ce qui m'importe, c'est que Matteo a réclamé votre présence. Je vais donc vous amener jusqu'à lui.

— Gentil garçon, commenta Violet.

À ces mots, il jaillit de sa banquette d'un bond félin, se coula près d'elle et lui saisit le menton d'un doigt ferme, l'obligeant à le regarder en face. Il n'y avait même pas de colère dans ses yeux froids et sombre. Ce fut précisément l'absence d'émotion qui la glaça.

Il ne lui ferait pas de mal, cependant. Cela se devinait à ses gestes très contrôlés, la force palpable mais bridée de sa prise.

— Je suis loyal, mais je ne suis pas gentil. Les ruses déployées pour maintenir mon pays en vie m'ont coûté. Ne commettez surtout pas l'erreur de me prendre pour un gentil, dit-il en se détachant d'elle.

Il se détacha d'elle aussitôt.

— Comment comptez-vous m'obliger à monter dans l'avion ?

— À dos d'homme, s'il le faut. À moins que vous n'embarquiez sur vos deux pieds. Votre père ne vous protégera pas. Je présume qu'il vous l'a dit. Quel intérêt auriez-vous à vous enfuir ?

En effet. Elle n'était pas de taille à lui échapper. Et puis, si près des studios de Hollywood, qui prêterait attention à une bagarre entre adultes fortunés, culminant avec madame embarquée comme un fétu de paille dans un jet privé ? Une scène de ce genre n'étonnerait personne.

Et quand bien même elle parviendrait à lui fausser compagnie, son père avait confirmé qu'il s'était servi d'elle pour se tirer d'un mauvais pas, n'hésitant pas à les sacrifier, elle et sa carrière.

— Vous ne me ferez pas de mal, dit-elle en le regardant droit dans les yeux.

À défaut de gentil, il lui semblait honnête. Il lui répondrait sans détour, tout simplement parce qu'il n'avait aucune raison de lui mentir. Elle était à sa merci et il le savait.

— Vous avez ma parole que rien de mal ne vous arrivera, dit Javier. Mon frère entend faire de vous son épouse, pas son esclave, et en ce qui me concerne je suis votre protecteur, Violet, pas votre ennemi. Ma mission est de vous ramener à Monte Blanco et si je devais permettre qu'on touche à un seul de vos cheveux, soyez assurée que mon frère m'enverrait croupir au fond du donjon favori de mon père.

— Votre père avait un donjon favori ?

— Plus d'un, pour être tout à fait franc.

— Oh !

Pour une raison mystérieuse, ce discours l'apaisa. À condition d'oublier la mention du donjon. Javier lui avait assuré que son frère et lui ne ressemblaient pas à leur père. Tant qu'elle se fiait à sa parole…

C'était fou, mais elle le croyait. Après tout cet homme ne lui avait menti à aucun moment, lui, tandis que son père… Son père l'avait entraînée dans un jeu de dupes. Leur relation n'était pas du tout celle qu'elle croyait. À cause de lui tous ses repères venaient de voler en éclats, son univers était sens dessus dessous. À choisir, songea-t-elle le cœur lourd, son ravisseur était la personne la plus digne de confiance.

Quel triste état des lieux…

Sur le tarmac les attendait un avion immense, qui semblait plutôt affrété pour un vol commercial, si ce n'était la couronne royale peinte sur le fuselage.

— Par ici.

Javier lui tenait la portière ouverte. Posté en retrait derrière lui, le chauffeur fixait ses pieds.

— Ce n'était pas plutôt à lui de me faire descendre ? fit-elle remarquer.

Leurs yeux se rencontrèrent. Le cœur de Violet se logea dans sa gorge. Regarder cet homme, c'était s'exposer chaque fois à recevoir un choc. Ce n'était pas simplement son physique avantageux, c'était la dureté qu'il dégageait. Une vigueur toute masculine, assez agressive.

Elle avait rarement été exposée à des individus de cette trempe dans son domaine d'activité. Son beau-frère Dante, peut-être… Un mâle robuste… Mais relativement accessible, comparé à ce spécimen qui semblait droit sorti d'un âge révolu.

Et n'avait-elle pas été vendue pour une dette d'argent ?

— Je n'aime pas attendre, répliqua-t-il.

Violet, de son côté, n'aimait pas recevoir des ordres. Elle décida donc de prendre tout son temps pour descendre. Ne pas céder un pouce de terrain…

— C'est bon à savoir, dit-elle en se laissant glisser vers le bord de la banquette avec une lenteur délibérée.

Une fois assise là, les pieds dehors, les mains sur les genoux, elle fit rouler ses chevilles dans un sens, puis dans l'autre.

Javier se pencha au moment où elle se levait enfin, si près de son visage qu'elle en oublia de respirer. Voulant l'éviter, elle faillit perdre l'équilibre. Il lui enserra aussitôt la taille par-derrière et l'attira contre son torse dur. Cela dura le temps d'un éclair, il la relâcha prestement. Mais elle sentait encore sa présence, brûlante.

— Si je marche sur mes deux pieds jusqu'à l'avion, ce n'est pas un enlèvement, n'est-ce pas ?

— Je ne vois de toute façon pas les choses ainsi, mais appelez donc cela comme vous voudrez.

Violet redressa les épaules et se mit en marche vers le jet. Vers son destin… L'un ou l'autre, qu'importe, l'essentiel était de garder un minimum de contrôle dans l'histoire. Quand bien même ce serait juste en embarquant à bord de son plein gré.

3.

Javier observait la passagère assise en face de lui. On la sentait encore vibrer d'indignation, mais à bas bruit. La rage s'estompait peu à peu. Elle avait décliné l'offre d'une boisson. Il avait ostensiblement bu un verre sous ses yeux, afin de lui prouver que personne ne tentait de l'empoisonner.

Il se promit de dire deux mots à Matteo dès leur arrivée à Monte Blanco.

— Ce pourrait être une bonne idée de songer à baisser la garde, dit-il.

— Mais comment donc. Permettez-moi de me détendre devant mon ravisseur…

— Vous êtes montée seule à bord de cet avion, je vous rappelle. Ce qui faisait à vos yeux toute la différence entre un enlèvement et des vacances impromptues.

— C'est un enlèvement, rétorqua-t-elle. Et je prendrai une coupe de champagne.

— Rassurée, depuis que vous m'avez vu boire sans tomber raide mort ?

— En un sens.

— Pourquoi cette colère maintenant, alors que tout semblait aller mieux jusqu'ici ?

— Cette situation est surréaliste. Voilà des heures que je n'ai pu consulter mes réseaux sociaux.

— Est-ce un problème pour vous ?

— Tout mon travail repose sur le lien social. Les

publications virales. Si je ne peux rien poster, je n'ai aucun moyen de faire le buzz…

— Internet est le cadet de nos soucis à Monte Blanco.

— Eh bien, moi, c'est mon gagne-pain. Vous pouvez vous permettre de l'ignorer, grand bien vous fasse, mais pas moi !

— Nous n'avons pas de wi-fi à bord.

— Comment est-ce possible ? Tous les avions le proposent !

— Mon père ne l'a jamais fait installer. Et mon frère n'en voit pas l'utilité.

— C'est difficile à croire pour un dirigeant politique.

— Encore une fois, mon pays n'en a cure. Ainsi que vous ne tarderez pas à le découvrir, nos priorités diffèrent des vôtres.

— Avez-vous au moins l'électricité ? s'écria-t-elle d'un ton faussement horrifié.

— Nous avons l'électricité.

— Est-ce que vous vivez dans un château en ruines ?

— Il tombe un peu moins en ruines depuis le couronnement de mon frère. Mais je ne vais pas vous mentir, il est un peu daté.

— À l'image de toute cette histoire, non ? Une dette de jeu extorquée un soir d'ivresse… Quel genre d'homme est votre frère, pour faire une chose pareille ?

— Un honnête homme, je dirais. Mais son souci premier est le pays. Si j'ignore ses projets précis vous concernant, je sais qu'il avait une bonne raison d'exiger votre venue.

— Ouaf, aboya Violet.

Javier se surprit à retenir un sourire. Cette insolence ! Elle n'avait aucune idée de qui il était. Une arme, une lame humaine. Et la voilà qui le narguait.

Il était habitué à susciter un mélange de crainte et de révérence fascinée chez les femmes. Certaines tremblaient de peur, mais une peur qui semblait leur plaire, face à un puissant doté d'un titre de noblesse et d'une armée sous ses ordres. Violet King, elle, était loin de trembler en sa présence.

Il lui servit une coupe et la lui tendit. Elle ne bougea pas. Il la reposa près de la bouteille.

— Venez donc vous servir. Contrairement à une idée reçue, je ne suis pas un chien qui va chercher et rapporte.

Elle se rembrunit et se pencha en avant pour attraper le verre avant de se rencogner dans son fauteuil. Puis elle promena les yeux autour d'elle.

— Cet appareil est immense. Il ne lui manque qu'une liaison Internet.

— De toute façon votre téléphone est resté dans vos bureaux.

Elle s'affola aussitôt à ce souvenir.

— Et si quelqu'un d'autre s'en empare ? Je ne peux pas me permettre de laisser n'importe qui publier sur mes réseaux sans mon accord !

— Quelle préoccupation étrange. Moi qui me bats pour la vie et le bien-être de mon peuple depuis des années…

— L'image, répliqua-t-elle.

— Moi, seule la réalité m'intéresse. Ce qui peut se voir, se toucher du doigt. Se humer. Voilà mon souci premier.

— L'image est très réelle ! Elle change la vie des gens. Elle les touche en profondeur. J'ai bâti toute mon entreprise sur le prestige.

— Vous ne vous bornez pas à poster de l'apparence… Autant dire du vent. J'ai effectué des recherches à votre sujet, Violet. Vous fabriquez avant tout des produits.

— Sans ce vent, comme vous dites, mes produits ne se vendraient pas. C'est ma visibilité qui me permet de convaincre.

— J'ose espérer que votre compétence ne repose pas uniquement sur un fragment de code flottant dans le cyberespace.

Elle pinça les lèvres et s'octroya une gorgée de champagne.

— Je refuse de ferrailler sur le sujet avec un type qui trouve parfaitement sensé de me hisser comme un paquet sur son épaule pour m'amener dans son pays.

— Je n'ai pas dit que c'était sensé. Seulement que ce serait fait.

Après cela, ils n'échangèrent plus un mot jusqu'à l'atterrissage.

Peu après leur arrivée à Monte Blanco, Javier se sépara de Violet pour gagner directement le bureau de son frère.

— Me voilà de retour, annonça-t-il. Mission accomplie.

— Bien, dit Matteo, levant à peine les yeux de sa table de travail. Je savais que je pouvais compter sur toi. T'a-t-elle suivi calmement ?

Javier songea aux piques incessantes auxquelles il avait été soumis pendant le voyage.

— Non. Elle n'est jamais calme.

Matteo grimaça.

— Voilà qui pourrait poser problème.

— Votre Altesse ?

Javier se retourna.

Livia, l'assistante de Matteo, venait de pénétrer dans la pièce. C'était une petite créature assez terne. Il n'avait jamais compris pourquoi son frère s'en était entiché à ce point.

— Oui, dit Matteo d'une voix radoucie.

— Le président du Conseil Uni vient d'appeler. Monte Blanco est convié à la session plénière prévue cette semaine. Il souhaite savoir s'il peut compter sur votre présence.

C'était un événement très attendu par Matteo. Leur père s'était isolé du monde. Il était capital aux yeux des deux frères que Monte Blanco dispose maintenant d'une voix au chapitre sur les sujets internationaux.

— C'est que je suis un peu occupé, dit Matteo. Javier vient de m'amener ma future épouse.

Javier vit Livia tressaillir, mais elle se reprit aussitôt.

— Bien sûr.

— Mais qu'importe, nous devons y aller. Javier, tu t'assureras que Violet s'acclimate en mon absence.

— Naturellement, dit Javier, s'abstenant de souligner qu'il était soldat et non baby-sitter pour mondaines trop gâtées.

Son frère se tourna vers son assistante.

— Veillez à ce que mes bagages soient préparés sur-le-champ. Et tous les détails réglés.

Livia s'éclipsa aussitôt sans réclamer de précisions.

— Tout cela est quelque peu surréaliste, même selon tes critères, dit Javier.

— Ce n'est pas un problème. Ma souris s'occupera de tout.

— Ta souris. C'est vrai, j'avais oublié, Livia ne vit que pour exaucer tes moindres désirs. Mais je ne faisais pas référence à la façon choquante dont tu traites ton assistante, je pensais au fait que tu m'aies demandé de traîner cette femme jusqu'ici depuis l'autre bout du monde au moment précis où tu allais t'absenter.

— C'est idéal ! Une relation placée d'emblée sous le signe de la tradition. Nous ne nous rencontrerons pas avant les noces.

— Tu oublies qu'elle est américaine. Et plutôt à l'avant-garde du progrès.

— Et toi tu oublies qu'elle n'a pas le choix.

— Pourquoi Violet King, au juste ? Je ne comprends pas.

— Pour dépoussiérer la réputation de Monte Blanco dans le monde.

— Je me suis laissé dire par ta nouvelle fiancée que le monde ignorait jusqu'à l'existence de Monte Blanco.

— Justement. Il est temps que cela change.

— À propos de changements… Pourquoi ne pas avoir fait installer le wi-fi dans ton jet ?

Matteo en resta bouche bée.

— Quel rapport ?

— Violet semble juger cela étrange. Je lui ai dit que ce genre de chose ne t'intéressait pas. On dirait que si, pourtant.

— Je n'en ai jamais eu besoin en vol…

— Ta future épouse le réclamera. Sans cela les voyages en ta compagnie risquent de lui être pénibles.

— Je ne t'imaginais pas aussi soucieux de son confort.

— Ma foi, tu as mis son confort sous ma responsabilité.

— Il l'est toujours, déclara Matteo en se levant. Le moment n'est pas le plus heureux pour m'absenter, je te l'accorde, mais nécessité fait loi, comme tu le sais.

— C'est vrai. Tu ne fais jamais rien qui ne soit nécessaire.

— Je ne suis pas notre père.

Ce refrain revenait si souvent dans la bouche de Matteo que Javier se demanda, et ce n'était pas la première fois, s'il ne répétait pas cela pour s'en convaincre lui-même à la longue.

Matteo avait eu un rude parcours. Différent du sien, toutefois. Lui était entré dans l'armée de son père. Sous son commandement des missions avaient été menées qui semaient le malheur alors qu'il croyait sincèrement, profondément, être dans le juste. Jusqu'au jour où il avait vu ce que l'amour et la loyauté l'avaient empêché de voir plus tôt. Et il avait appris.

Il avait appris qu'un homme pouvait être méchant sans même s'en rendre compte. Qu'il pouvait, avec le mensonge approprié, commettre des atrocités sans fin et appeler cela la justice.

— Je sais, dit-il. Tu l'as défié des années durant. Loin de moi l'idée qu'une miette de pouvoir suffise à te corrompre.

— Je dois néanmoins rester sur mes gardes. Je comprends que tu puisses trouver archaïque ce mariage contraint…

Javier haussa les épaules.

— Je n'ai aucune opinion sur le sujet.

C'était vrai. Il savait que la situation ne rendait pas heureuse Violet, mais le bonheur de cette femme n'était pas son affaire. Son frère et lui travaillaient dur pour effacer les maux trop longtemps endurés par le peuple de Monte Blanco. Si Matteo jugeait que ce mariage améliorerait la situation, il était prêt à en accepter les dommages collatéraux.

— Tu dis ça, Javier, mais j'ai le sentiment que tu n'en penses pas moins.

— Mes pensées sont-elles dignes d'intérêt, ô mon roi ?

— Encore une fois, je ne suis pas notre père. Si je n'étais pas ton aîné de quelques années, ce serait toi le roi. Ou si j'étais mort.

— Reste en vie, répliqua Javier. Loin de moi le désir de porter le fardeau de la couronne.

— Fardeau assez lourd pour que tu en sentes le poids sur tes épaules aussi, dirais-je. Ce n'est pas comme si tu étais immunisé contre les responsabilités qui nous incombent… À présent, ajouta Matteo, je dois aller voir où en est ma souris.

— Tu l'appelles comme ça en sa présence ?

— Oui, elle trouve ça mignon.

Javier revit l'air horrifié de Livia à la mention de la future épouse de Matteo. Il songea aussi à la petite note de chaleur dans la voix de son frère lorsqu'il prononçait ce surnom. Souris. Dans sa bouche ce n'était pas une allusion à un physique menu, passe-partout, qu'elle avait pourtant. Il semblait parler d'une fille fragile, dont il devait prendre soin.

— Elle tremblait comme une petite souris grise quand je l'ai trouvée.

La présence de Livia dans le palais était peut-être la seule véritable preuve de douceur chez Matteo. Javier ne savait pas exactement comment il était entré en… possession de cette fille, seulement qu'il l'avait découverte en position délicate et qu'il avait alors décidé, pour une raison ou une autre, de réparer les choses.

— Tu t'occuperas des affaires courantes en mon absence, déclara Matteo d'un ton n'admettant aucune réplique. De mon côté je m'efforcerai de tirer le meilleur de ces réunions. Tu te souviens de ce que je t'ai dit…

— Tu préférerais mourir plutôt que de présenter des traits communs avec notre père. Et dans ce cas je devrais te tuer de mes propres mains.

Son frère sourit et s'avança pour lui saisir le bras. Javier saisit le sien en retour.

— Voilà pourquoi j'ai toute confiance en toi ! Je crois que tu le ferais vraiment.

Ils étaient frères de sang, liés par des gènes paternels haïssables. Mais ce lien était indéfectible. Ils devaient transcender la malédiction de leur lignée pour y survivre et cela, ils ne pouvaient le faire qu'ensemble. Leur relation comptait plus que tout aux yeux de Javier. Elle était un repère moral pour l'un et l'autre. Il était si facile de se laisser aveugler par l'émotion et d'oublier les vraies valeurs jusqu'à commettre l'irréparable.

Extravagant ou pas, il soutiendrait le projet de mariage de Matteo. Les états d'âme de Violet King étaient sans importance. Seul comptait le royaume de Monte Blanco.

4.

Violet, bien que née dans l'opulence et accoutumée aux splendeurs du luxe, avait découvert une nouvelle dimension en franchissant les portes du palais de Monte Blanco. Les murs n'étaient pas dorés, ils étaient en or, et les sols en obsidienne incrustée de pierres précieuses, rubis, émeraudes… Un tel étalage de richesses avait de quoi surprendre, au vu du dédain affiché par Javier envers les limousines ostentatoires. Cependant tout portait à croire que le bâtiment se dressait ici depuis des siècles, enchâssé dans la montagne de granit blanc auquel le royaume sûrement devait son nom, offrant une vue spectaculaire.

Un tapis de sapins dense, profond, plongeait en contrebas avant de remonter un peu plus loin à l'assaut d'autres pentes abruptes. Était-ce réellement une ville qui se devinait au fond de la vallée, enfouie en plein cœur de la forêt ? Elle semblait minuscule, cernée de pics d'un bleu profond virant au mauve dans le lointain, dont les sommets paraissaient se fondre dans le ciel blanc. Et ce froid ! Niché comme il l'était entre Espagne et France en haute altitude, le pays était glacial et bien plus rude qu'elle ne l'avait cru.

Une contrée sauvage.

On l'avait amenée jusqu'ici pour qu'elle règne sur une contrée sauvage…

Violet se détourna des hautes fenêtres en frissonnant. À la vue de la décoration particulièrement chargée de cette chambre qui lui avait été attribuée par une domestique obligeante, toute idée de vie sauvage la quitta d'un coup. Un cadre de lit en or, orné d'un baldaquin diaphane souligné d'un lourd brocart et de couvertures de velours pourpre et or trônait au milieu. En comparaison, son appartement tout blanc et propret aux lignes épurées faisait nu et désolé dans son souvenir…

Allons ! Ces ruminations n'étaient qu'une perte de temps. Ce qu'il fallait maintenant, c'était reprendre la main. Et pour cela, trouver un moyen de sortir de la tête du roi ce projet grotesque de mariage obligé. Quelles pouvaient être ses motivations ? Lubricité à son égard ? Dans ce cas elle n'aurait pas grand-chose à offrir, de son plein gré du moins.

Personne ne la croirait si elle l'avouait publiquement, mais elle n'avait aucune expérience de l'amour physique, faute d'avoir connu la passion. Elle avait pourtant croisé toutes sortes de profils dans sa vie - les risques du métier, et des voyages récurrents qu'il impliquait. De riches, de talentueux comédiens, chefs cuisiniers, rock stars… dirigeants d'entreprise… Violet haussa les épaules. Tous ces hommes de pouvoir l'avaient invariablement déçue. Certains se révélaient bouffis de suffisance, d'autres pervers, faisant mine de lui prêter attention dans le seul but de l'attirer dans leur lit. Ou même agressifs, avec plus de mains qu'un mille-pattes, et moins de cervelle.

L'amour, ce pouvait être plus grandiose qu'un baiser mouillé concédé de guerre lasse, à contrecœur. Une sorte d'état béni d'apesanteur… Elle en était convaincue, mais plus sa réussite financière s'affirmait, plus ses interlocuteurs semblaient voir en elle un défi à relever, quand bien même elle n'éprouvait qu'indifférence à leur égard. Ce qui avait ajouté à son désenchantement.

Elle n'avait tout de même pas résisté tout ce temps pour tomber dans les griffes d'un roi dont elle n'avait jamais entendu parler !

Avec un minimum de matériel et une simple connexion

Internet, elle aurait déjà mené son enquête sur ce Matteo. Que voulait-il, bon sang ? Son argent ? Improbable. Si élevée soit-elle, sa valeur financière se résumait sans doute à une portion négligeable de cet incroyable château. Son carnet d'adresses, alors ? Il avait forcément une idée derrière la tête pour l'avoir choisie !

Ou alors c'était un obsédé sexuel.

Perdue dans ses pensées moroses, Violet sursauta en entendant frapper.

— Entrez !

Javier s'encadra sur le seuil, ranimant aussitôt la tension qui lui avait meurtri la poitrine pendant l'intégralité du vol.

— Je ne vous attendais pas, bredouilla-t-elle. Où est votre frère ?

— Impatiente de faire sa connaissance ?

— Vous a-t-il expliqué pourquoi il tient tant à ce mariage ? répliqua Violet.

— Oui.

— Dans ce cas… Auriez-vous l'obligeance de partager vos connaissances avec l'ensemble de la classe ?

— Je ne pense pas que ce soit important.

— Ah ? Eh bien moi, j'aimerais savoir s'il nourrit une sorte d'obsession pour mon corps, figurez-vous.

Il partit d'un grand rire qui mortifia Violet.

— Non, mon frère n'a aucune espèce de motivation charnelle. Il compte sur vous pour améliorer la visibilité de Monte Blanco à l'international. C'est son unique objectif. J'étais d'ailleurs venu vous annoncer qu'il s'était absenté.

— Pardon ?

— Il s'est rendu à une session plénière du Conseil Uni afin de solliciter une place d'État membre pour Monte Blanco en son sein. Trop longtemps nous avons été privés d'alliés. Nous n'avions pas voix au chapitre pour commenter la façon dont va le monde. Selon mon frère, là est la clé qui nous fera entrer résolument dans le XXIe siècle.

— Il a donc besoin de mon réseau d'influence pour redorer le blason du pays ? Rien de plus simple. Il peut le mettre à profit sans m'épouser pour autant.

— Je ne suis pas sûr que tel soit son plan.

— À moi par conséquent de le convaincre que le mien est meilleur. Je peux être très persuasive. J'ai réussi à pénétrer un marché très concurrentiel, que j'ai fini par dominer en grande partie malgré mon jeune âge, vous savez ?

— Oui, nous nous sommes documentés à votre sujet.

— Il devrait donc avoir conscience que je lui serai bien plus utile en qualité de conseil en développement.

— Vous vendez des cosmétiques, lui fit remarquer Javier.

Violet se crispa.

— Et je les vends bien. Assez du moins pour que votre frère ait remarqué mon impact à l'international, de toute évidence. Ne minimisez pas mon travail… Quoi qu'il en soit, ajouta-t-elle avec un soupir à fendre l'âme, il me faudrait d'abord découvrir ce pays.

— Justement, l'assistante de mon frère est en train de nous concocter une liste de missions à remplir en leur absence. Je suis chargé de veiller au bon déroulement du programme.

— Vous allez donc jouer les baby-sitters avec moi ?

— En un sens.

— C'est drôle, il me revient l'image de Nana, un Saint-Bernard dans un célèbre dessin animé…

— N'abusez pas. Je peux toujours raconter que vous avez été victime d'un malencontreux accident.

— Vous m'avez dit que vous ne me feriez pas de mal, répliqua Violet en soutenant son regard.

Il inclina la tête.

— En effet.

— Êtes-vous un homme de parole, Javier ?

— Je le suis, affirma-t-il.

— Ah ! je le savais…

— Et comment le saviez-vous ? demanda-t-il en plissant les yeux.

Violet haussa les épaules.

— Je me trompe rarement sur les gens, je crois. Je suis née riche, une vie plus facile que d'autres je vous l'accorde, mais qui m'a donné accès à… toutes sortes de choses. Tous les excès susceptibles de me faire envie, drogue, messieurs plus âgés, soirées… On me demandait souvent des services, j'ai dû très vite apprendre à discerner mes vrais amis. Il y a une telle différence entre les belles paroles et les actes…

— Je vous ai enlevé, qu'est-ce que cet acte vous dit de moi ?

— Je croyais que vous n'étiez pas d'accord avec ce mot ?

— C'est vous qui l'avez prononcé.

— Eh bien, cet acte atteste une loyauté certaine envers votre frère. Et aussi, dirais-je, envers votre propre sens de l'honneur. Vous prétendez que vous n'êtes pas quelqu'un de bien, néanmoins vous respectez un code moral. Et même s'il concède un enlèvement, du moment que votre frère l'estime juste, il ne vous autorise pas pour autant à maltraiter un être humain dans l'incapacité de se défendre.

— C'est vrai. Mon père prenait plaisir à abuser de son pouvoir en rudoyant les faibles, ce qui relève d'une énorme lâcheté. Je n'ai aucun désir de me fourvoyer dans cette direction.

— Vous n'êtes pas un lâche, déclara fermement Violet. Quelque chose me dit que vous éprouverez peut-être même l'envie de m'aider à prouver à votre frère que ce mariage est inutile, afin que je puisse retrouver ma vie normale.

— C'est là que vous faites erreur. Sincèrement, votre bien-être m'indiffère. Pour moi le plaisir personnel ne signifie rien au regard de l'intérêt général. Si mon frère estime que ce mariage sert la cause de notre peuple, je le seconderai dans ce projet. Vous l'avez dit, votre vie a été plus facile que d'autres. Drogues, soirées, messieurs plus âgés, si je ne m'abuse ?

— Mais je n'ai goûté à rien de tout cela ! se récria Violet en se demandant à quel moment elle avait perdu la main dans l'échange. J'ai eu accès à ces expériences, voilà tout. Je les ai toutes déclinées. Il y a tant d'autres domaines à explorer…

— Vous avez eu amplement le temps pour ces explorations avant de vous fiancer avec mon frère, me semble-t-il.

— Je ne suis pas fiancée, j'ai été enlevée !

— Invitée à monter à bord du jet sur vos deux pieds, vous voulez dire, rectifia Javier.

— C'est vous qui avez remis tout à l'heure ce mot sur le tapis.

— C'est vous qui semblez sensible à la terminologie.

— Je le prouverai. Je prouverai que ce mariage est superflu !

— Faites donc. Entre-temps, je me propose d'exécuter les consignes laissées par mon frère, rien d'autre ne m'intéresse, dit-il en s'éloignant vers la porte.

— Vous arrive-t-il d'éprouver une émotion quelconque ? lança Violet dans son dos.

Il sortit sans se donner la peine de répondre.

5.

L'échange avec Violet King tourna en boucle dans la tête de Javier toute la journée suivante. Cette femme, belle assurément, avait une langue acérée comme une griffe. Quel agaçant personnage. S'il avait dû songer au mariage, jamais il ne l'aurait choisie.

Dieu merci, un tel projet ne le concernerait jamais. Lui au moins, n'était pas dans l'obligation de produire des héritiers.

Les instructions de la souris du roi son frère en poche, il se dirigea vers sa chambre à coucher d'un pas martial et frappa un coup sec.

— N'entrez pas !

— Et pourquoi donc ? répliqua Javier d'une voix sonore à travers le battant.

— Je ne suis pas en tenue décente.

— Nue ? suggéra-t-il, un peu étourdi à cette idée et se reprochant aussitôt cette réaction idiote, tout juste digne d'un novice.

— Non.

Javier ouvrit la porte sans plus tergiverser.

Elle était assise sur le grand lit, l'air… Fraîche, toute propre. Plus jeune aussi en un sens que la veille, ou que sur toutes les photos qu'il avait pu voir d'elle, avec ces cheveux sombres lâchés qui dévalaient ses épaules en vagues indociles. Les cils s'étaient faits plus discrets, le visage plus rond, la peau plus douce… Sans leur brillant habituel les lèvres semblaient soyeuses et pulpeuses à souhait…

— Je ne suis pas maquillée, murmura-t-elle.

Ce fut plus fort que lui. Javier éclata de rire.

À quand donc remontait son dernier vrai fou rire ? Il n'en avait même plus le souvenir.

— Et qu'est-ce qui vous inquiète tant ? demanda-t-il après avoir repris son sérieux.

— C'est mon fonds de commerce. Je ne sors jamais sans maquillage, ce serait une mauvaise publicité.

— Vous pensez sérieusement qu'un masque artificiel est nécessaire pour vous rendre présentable ?

— Là n'est pas la question. Je… je ne suis pas moi-même.

— Parce que vous êtes votre maquillage ?

— J'ai bâti mon empire sur mon style.

— Eh bien, il n'y a personne ici pour admirer votre style. Et nous avons un certain nombre de missions à accomplir.

— Des missions ?

— D'abord, il est temps que je vous fasse visiter le palais. Puis, nous discuterons de votre… apparence.

— Nous en parlons depuis un moment, fit-elle remarquer en esquissant un geste vers son visage.

— J'entendais celle qu'impliquera votre statut de reine.

— Je vous ai clairement dit que devenir reine n'entrait pas dans mes projets, il me semble…

— Cela figure sur ma liste, voilà tout. Je vous présenterai aussi, entre autres, les coutumes, les règles, l'étiquette pour les soirées de bal.

— Ne me dites pas que je vais devoir prendre des leçons de danse…

— Précisément.

— Mais c'est digne du Moyen Âge !

— Dites-moi s'il vous faut quelque chose de chez vous. Je veillerai à vous le faire parvenir.

Confronté à l'hostilité de Violet, Javier comprit qu'il avait deux solutions. La contraindre à ses devoirs par la force avec des hurlements à la clé, ou tenter de trouver un compromis. Ce n'était pas exactement dans ses habitudes, mais une tactique non conventionnelle s'imposait parfois face à un ennemi singulier.

Du temps où ils devaient composer avec leur père, son frère et lui œuvraient en secret, par nécessité. Il pouvait donc sûrement trouver en lui un minimum de doigté pour gérer une petite sommité du maquillage…

— J'ai besoin de toutes mes affaires de maquillage, dit-elle. Possible que je parvienne à me donner une allure de reine en utilisant mon matériel. En tout cas personne d'autre que moi ne s'en chargera !

— Nous verrons.

— Je ne peux pas porter les produits d'une autre marque.

— Mon souci premier n'est pas votre entreprise, répliqua Javier avec un calme qui l'étonna lui-même. Le vôtre non plus à ce stade, me semble-t-il.

— Je me préoccupe de mon entreprise parce que je pense que c'est ce que j'ai de mieux à offrir dans ce cas précis.

— Si nous en discutions autour d'un petit déjeuner ?

— Je vous l'ai dit, je ne peux pas sortir dans cet état…

Sans un mot, Javier pressa une commande sur l'Interphone installé près de la porte. Moins d'une minute plus tard le battant s'ouvrit, et un petit déjeuner pour deux apparut comme par enchantement.

— Oh ! murmura Violet.

— Vous voyez, les problèmes que vous soulevez n'en sont jamais pour moi.

— Très bien, dit-elle, la mine défaite. Mon maquillage, je m'en fiche, en réalité.

— Alors pourquoi protestez-vous, au juste ?

— Parce que… Parce que je veux gagner. Je me disais que si vous me trouviez ridicule, incapable de fonctionner sans un maquillage parfait, vous me renverriez peut-être chez moi.

— Encore une fois, ce n'est pas moi qui décide de votre

sort. Vous pouvez toujours tenter de me faire croire que vous êtes la créature la plus idiote de la planète, cela ne changera rien au cours des événements.

Violet baissa les yeux sur le chariot qu'il venait d'approcher du lit.

— Des toasts à l'avocat ?

— Je me suis laissé dire que l'avocat était actuellement en vogue de par le monde. Nous en avons toujours mangé ici.

— Fascinant. Je ne vous imaginais pas en pionniers de la mode.

Javier s'assit dans le fauteuil le plus proche du lit et remplit deux tasses de café, sous le regard vigilant de Violet.

— Je ne compte pas vous empoisonner. Cessez de me regarder comme ça.

Sans le quitter des yeux, elle rampa lentement vers le bord du lit et saisit l'assiette de toasts pour la poser sur la couette. Javier sentit un drôle de pincement quelque part au fond de son ventre. Le temps semblait comme suspendu. Leurs doigts se frôlèrent lorsqu'elle accepta ensuite une tasse de café avant de se rasseoir sur le lit, les joues rosies, à bonne distance de lui. Il se détendit un peu.

— Fort, commenta-t-elle après la première gorgée en souriant. C'est parfait.

— Avez-vous bien dormi ?

— Aussi bien que peut dormir une prisonnière en terre étrangère. Le petit pois sous le matelas était un peu inconfortable.

Un petit sourire jouait au coin de ses lèvres.

Quel étrange être humain, songea Javier. Elle ne manquait pas de cran. Dans la même situation, combien se seraient effondrés ? Elle, au contraire, s'escrimait à le provoquer, le manipuler, en le traitant de Saint-Bernard ou en se prétendant accablée par son visage sans fard. Et la voilà maintenant qui dégustait son café avec des mines de chatte comblée…

— Si vous me disiez ce qui vous passe par la tête ? Vous en mourez d'envie, c'est évident.

— Je me plierai à votre fameuse liste, dit-elle. Cours de danse compris. Mais je veux que vous me fassiez visiter le pays, et non pas seulement le palais.

— À quelles fins ?

— J'ai réfléchi. Votre frère veut faire entrer Monte Blanco dans la modernité. Étant moi-même un modèle de réussite dans l'ère moderne, je pense avoir les moyens de vous offrir cela sans épouser quiconque.

— À ma connaissance, ce point n'est pas négociable.

— Nous verrons cela plus tard. Mais j'attends de vous les outils pour tenter de le convaincre de négocier.

— Peut-être, dit-il avant de s'octroyer une longue gorgée de café.

— Si vous parvenez à vos fins, je vais vivre ici le restant de mes jours, murmura Violet, submergée par l'émotion. Vous n'avez même pas envie que je visite les lieux ? Ne pensez-vous pas que j'ai le droit de visualiser ce que sera bientôt mon existence ?

Place à l'authenticité, enfin ! Finie la négociation professionnelle. Violet ne mimait plus la futée retorse ni la ravissante idiote, elle ne jouait pas à diriger un conseil d'administration depuis son lit à baldaquin.

Et il n'y était pas insensible, tout compte fait.

— Je verrai ce que je peux faire.

Violet saisit son toast et croqua dedans avec férocité.

— Au moins, la nourriture ici me plaît, marmonna-t-elle en s'essuyant les lèvres d'un doigt léger pour en déloger quelques miettes, geste qui lui donna un air tout à la fois ridicule et impérial.

Comment imaginer Matteo aux prises avec cette créature protéiforme et déconcertante ? Lui-même, qui n'avait noué que des relations physiques avec les femmes, jamais intimes, se trouva soudain étrangement démuni face à des états d'âme aussi incontrôlables.

— Finissez votre petit déjeuner, dit-il d'un ton brusque en se levant. Dans une heure quelqu'un viendra vous escorter jusqu'au rez-de-chaussée. Il est grand temps de commencer votre apprentissage.

Violet grommelait tout bas en s'acheminant à travers le hall immense.

— « Commencer votre apprentissage… » Et puis quoi, encore ?

C'était ridicule. Et l'angoisse montait. Voilà plus de douze heures qu'elle était arrivée à Monte Blanco, et elle n'avait pas avancé d'un pouce dans son projet d'échapper à ses fiançailles, le mystérieux monarque ayant trouvé le moyen de s'éclipser.

Après tout c'était elle qui avait décidé de prendre le taureau par les cornes au lieu de fuir vers sa Californie natale. Un choix téméraire, fait sous le coup de la colère. Il lui revenait maintenant d'en assumer les conséquences.

Le château était si vaste que même munie d'instructions précises pour parvenir à la salle de bal, elle commençait à craindre de se perdre à jamais dans ce gigantesque dédale de couloirs étincelants qui évoquait le repaire d'un troll des montagnes. Partout, l'éclat éblouissant des pierreries, l'or, le danger.

Parvenue enfin à destination, elle vit Javier qui l'attendait, campé au centre de la salle tel le souverain régnant sur ces terres. Elle savait bien qu'il n'avait pas le titre de roi, il n'était qu'un exécutant, il le lui avait assez répété, mais qu'il était difficile d'imaginer cet homme recevant des ordres de quiconque !

Il lui fallut un moment pour s'apercevoir qu'une autre personne se trouvait là.

— La future reine est ici, déclara tout excitée la petite dame toute ronde enchâssée dans des couches de mousseline de soie drapées autour de son corps comme des pétales. Nous pouvons commencer. Je m'appelle Sophie, je suis chargée de vous initier à la danse de salon en vigueur à Monte Blanco…

— À Monte Blanco ou ailleurs, je n'y connais strictement rien.

— Je n'ai aucune crainte à ce sujet. Tout ira bien. Surtout avec le prince pour cavalier.

Violet se figea.

— Il danse ?

— Les devoirs de la famille royale incluent l'initiation à divers usages, parmi lesquels, bien entendu, la danse, dit Javier. Rien de ce qui vous sera demandé ici ne m'est étranger. Et nombre d'épreuves vous seront épargnées, croyez-moi.

Cette dernière remarque, chargée d'émotion contenue, fit frissonner Violet. Avant qu'elle ait pu réagir, Javier avait déjà saisi sa main pour l'attirer contre lui. Il était brûlant.

Le cœur de Violet fit une embardée.

Elle sentit alors… Oui, les prémices de quelque chose qu'elle avait lu dans les livres. Un frémissement dont elle avait aussi entendu parler, mais sans jamais l'avoir ressenti elle-même jusqu'ici.

Les yeux noirs de Javier s'abaissèrent brièvement sur elle. Elle y lut tout autre chose que de la gentillesse et se hâta de fixer plutôt le sol.

— Je vais lancer la musique, annonça Sophie. Javier est un excellent danseur, son guidage ferme vous facilitera la tâche.

Ferme, oui, cette main calée sur ses reins, et si chaude… L'autre, repliée sur sa propre main droite, lui parut étonnamment rêche. Un prince n'était pas censé s'abîmer les doigts. À quelle sorte de travail physique s'adonnait-il ?

À moins que ce ne soit le fruit de séances de musculation acharnées. Javier avait tout à fait la silhouette d'un sportif féru d'exercices punitifs en salle.

Les premiers accords s'élevèrent, un morceau instrumental au rythme si marqué qu'elle se mit très vite à onduler sans y penser.

Sophie donnait quelques instructions, mais ses pieds semblaient glisser de leur propre volonté, hors de tout contrôle. C'était de la magie pure. Loin d'elle au départ, le désir de danser ainsi dans une salle de bal somptueuse et déserte, au cœur du palais dans lequel elle était retenue prisonnière, avec son ravisseur qui plus est… Cette griserie, pourtant !

Elle qui n'avait jamais été tentée de goûter aux multiples plaisirs qu'on lui proposait… Était-ce d'avoir été trop gâtée, qu'il lui fallait aujourd'hui une expérience aussi singulière pour éprouver des sensations ?

Elle leva légèrement les yeux vers le menton de son cavalier et resta subjuguée par le dessin de ses lèvres. Elle passait pourtant beaucoup de temps à observer les visages, dans l'idée d'imaginer la mise en valeur par le maquillage des angles et des reliefs naturels. Mais cette courbure-là avait un charme fou.

Ses propres lèvres devinrent si sèches tout à coup, qu'elle les lécha sans y penser. Elle sentit alors le corps de Javier se tendre dans ses bras. Lorsqu'elle trouva enfin le courage de croiser son regard, la glace avait fondu, laissant place à un grand feu.

Étonnamment, elle n'éprouva aucune frayeur. Ce n'était pas la peur qui lui nouait le ventre à l'idée qu'elle risquait de se brûler, de se trouver écorchée vive…

Elle aspira une bouffée d'air, espérant dissimuler ainsi l'intensité de sa réaction. Mais son souffle se bloqua dans sa gorge, ses seins effleurèrent le torse dur. Elle se sentit fondre et chancela un peu. Aussitôt Javier affermit sa prise dans son dos, l'enserrant plus fort. Contre toute attente, ce contact éveilla en elle une sensation de légèreté. De sécurité, aussi.

Cet homme pourtant n'était pas son protecteur, mais son ennemi. Au vu du refus qu'il avait opposé à ses suggestions pour échapper au mariage forcé, il était même son ennemi juré. Il n'empêche, Violet était sûre de n'avoir rien à craindre dans ses bras. Une image se forma soudain dans son esprit, très nette, un chevalier brandissant une épée tout en la tenant pressée contre lui, menaçant quiconque oserait prétendre la prendre. La lui prendre.

Elle avait perdu la tête. Cette réaction ne lui ressemblait pas du tout. Surtout face à un geôlier chargé de la marier à son frère !

Et pourtant.

Devant ce visage sculpté, si séduisant, tenir un raisonnement sensé relevait de l'impossible. Violet était incapable même de penser à quoi que ce soit, à son isolement, aux amies absentes, à sa famille... À son portable resté en Californie...

Son portable. Elle n'y avait pas songé une seconde aujourd'hui. En se levant elle avait fait un brin de toilette, retiré ses faux cils et renoncé à son sacro-saint eye-liner, bien décidée à jouer les demoiselles en détresse. Puis le prince était apparu. Il y avait eu ce toast à l'avocat. Et maintenant Javier qui la tenait contre lui.

Et quelque part dans cette histoire la logique avait été chamboulée, déréglée, anéantie.

Isolée ici avec cet homme, Violet se sentait paradoxalement plus présente, plus en phase avec elle-même que chez elle dans sa vie antérieure.

Ce n'est pas à cause de lui que tu es ici.

Cette pensée la glaça instantanément.

Elle se trouvait déjà ridicule, mais les sensations qu'elle éprouvait face à cet homme qui l'avait traînée ici contre son gré, et pour le compte d'un autre par-dessus le marché, n'avaient carrément aucun sens.

Elle se dégagea de son cavalier, le cœur affolé.

— Je crois que j'ai saisi l'essentiel !

— C'est très correct, dit Sophie. Pas encore tout à fait maîtrisé, mais…

— La faute au décalage horaire. Il vous aura peut-être échappé que je suis arrivée hier après-midi de San Diego sous la contrainte ?

Sophie lança un regard en biais à Javier.

— J'ignorais ces détails, je l'avoue.

— Sous la contrainte, répéta Violet. Pour être mariée de force au roi, quel est son nom déjà… ?

— Matteo, répondit Javier.

Sophie se rembrunit et ne souffla mot.

— Tout va bien, dit Javier. Le trac…

— Ben voyons. La frousse prénuptiale, comme chez toutes les futures mariées victimes d'un enlèvement !

— Vous craignez le pire, c'est assez clair, Violet. Vous me traitez comme si j'allais vous laisser mourir par absence de wi-fi…

— Je suis en manque.

— Laissez-nous, Sophie.

Celle-ci tourna un regard interrogateur vers Violet qui redressa le menton.

— Je n'ai pas peur de lui !

Sophie inclina la tête et s'éclipsa aussitôt.

— Vous montez mes employés contre moi, maintenant ?

— Tant mieux. Nous allons peut-être lancer une révolution.

— Je ne vous le conseille pas.

— Si jamais le peuple se met à chanter, à votre place je prendrais mes jambes à mon cou. En évitant de laisser traîner des guillotines dans le secteur.

— Si les révolutions étaient si simples, j'en aurais lancé une depuis longtemps.

— Elles n'ont pas l'air bien compliquées dans les livres d'histoire…

— Vous oubliez le nombre de victimes. Mon frère et moi-même avons tout fait pour empêcher la guerre civile et préserver notre pays. À présent mon travail m'attend, ajouta Javier en tournant les talons.

— Je croyais que vous alliez m'emmener en ville !

— Je n'ai aucun désir de passer davantage de temps avec une petite fille gâtée.

— Honte à moi. Aurais-je mal réagi à ma séquestration ?

— Les enjeux réels vous dépassent ! Ne pouvez-vous comprendre cela ?

Elle devrait donc se résigner, jeter sa propre vie aux orties, sous prétexte que son frère voyait en elle la reine idéale pour ce pays ?

Plus elle contemplait Javier dont la conviction ardente transpirait par tous les pores, plus elle s'avisait qu'ils venaient de deux planètes aux antipodes l'une de l'autre. Des barrières se dressaient partout entre eux, et pas seulement celle de la langue.

Ayant sacrifié toute son existence à l'intérêt général, il ne pouvait saisir que cela ne rimait à rien pour elle, et qu'elle ne lâcherait pas si facilement ses propres projets de vie pour se jeter corps et âme sur le bûcher de bien commun.

— Javier…

— On ne m'interpelle jamais par mon prénom, dit-il d'un air hautain. C'est « Votre Altesse, prince Javier de Monte Blanco ».

— Trop long. Je m'en tiendrai à Javier.

— Que voulez-vous au juste, Violet ?

La gorge sèche, Violet rassembla son courage pour poser la question qui lui trottait dans la tête depuis un moment.

— Faites-vous jamais quoi que ce soit pour vous ?

— Non. À une exception près bien sûr, d'ordre privé, précisa Javier avec un sourire en coin. L'égoïsme mène au genre de désastre dont mon frère et moi avons préservé la nation, justement.

— Vous avez conscience que ce n'est pas ainsi que fonctionne le reste du monde.

— Le reste du monde n'est pas responsable du sort de millions de personnes.

— C'est un discours difficile à comprendre, pour une Californienne comme moi.

— Détrompez-vous. Que cela vous plaise ou non, le sens des responsabilités ne vous est pas étranger. Vous vous sentez des devoirs envers autrui. Votre père, votre famille… Vous savez donner la priorité à ceux que vous aimez. Extrapolez, Violet. Imaginez que vous ayez un pays entier à protéger.

Il s'éclipsa sans rien ajouter.

6.

Javier gagna directement la salle de sport, pris d'un besoin violent de punir son corps. Besoin surtout d'étouffer le feu qui avait embrasé ses veines au contact de Violet King - une aberration ! Ses désirs, il devait les contrôler à tout prix, les allumer et les éteindre comme avec un interrupteur.

Dans sa vie, c'était une nécessité depuis toujours. Il avait souvent passé des mois sans toucher une femme alors qu'il travaillait d'arrache-pied en coulisses avec Matteo pour faire dérailler les plans paternels, trouver un abri aux réfugiés, aider ses compatriotes incarcérés à tort à s'évader... Et en temps ordinaire, s'il voulait du sexe, il partait en chasse à Monaco, ou à Paris, et se trouvait des partenaires à l'appétit égal au sien, vorace, en accord parfait avec les ténèbres régnant au plus profond de lui.

Mais jamais au grand jamais une femme destinée à son frère ! Il avait trop de sang-froid pour ce type de dérive. Peut-être l'abstinence avait-elle trop duré, cette fois. Depuis le couronnement de son frère le temps manquait pour s'adonner au plaisir...

Avec un grognement Javier s'imposa une ultime traction avant de se laisser tomber à plat dos, le souffle court.

Dans ses bras, persistait l'empreinte de la douceur de Violet. Après des heures d'exercices exténuants, elle ne s'était toujours pas dissipée.

Il se trouverait une autre femme. Il la ferait venir par avion. Prendre du plaisir avec une compatriote le gênait profondément, tant le pouvoir faussait les rapports de force. Il redoutait surtout de ressembler à son père.

Mais convoiter sa captive lui déplaisait tout autant. Il en était responsable. Il serait si facile de la briser, comme il l'avait si souvent fait avec d'autres, en servant son père…

— Oh !

Javier tressaillit et se redressa vivement.

L'objet de ses tourments était là en chair et en os qui le regardait, bouche bée, les yeux écarquillés.

— Qu'est-ce que vous fichez ici ? s'écria-t-il.

— Je vous cherchais. J'ai demandé autour de moi, on m'a dit que vous seriez peut-être à la salle de sport. Puis j'ai trouvé un plan du palais grâce à l'ordinateur sur lequel j'avais mis la main et j'ai réussi à venir jusqu'ici…

— Un ordinateur ?

— Voyez-vous, c'est assez pratique, vos employés ignorent ma condition de captive. Me croyant ici de mon plein gré, tout naturellement ils se sont empressés de me fournir un ordinateur et la liaison Internet qui va avec. Entre nous, vous devriez me surveiller de plus près.

Javier croisa les bras et fit mine de tendre l'oreille.

— Pas d'hélicoptère en approche, j'en déduis que vous n'avez pas encore appelé la cavalerie ?

— Non. Je préfère attendre un peu, répondit-elle en baissant les yeux sur son torse nu.

La voyant rougir, Javier serra les dents. Consciemment ou non elle jouait avec le feu, avec ses cheveux encore lâchés et son visage sans fard, dans cette tenue toute simple qui lui avait été fournie plus tôt dans la journée… Comment pouvait-il trouver cet ensemble si charmant ?

C'était parfaitement déraisonnable. Il était un homme très pris, ses besoins se réduisaient à l'essentiel, un profil sophistiqué, un maquillage provocant, une robe moulante, des talons aiguilles, affichant clairement la couleur, en somme. Lorsque manque le temps, autant aller au plus court. Violet était tout sauf cela. Surtout maintenant.

Il n'en vibrait pas moins à son contact.

Le sang paternel, sans doute. S'échauffant dès qu'une femme défendue passait à portée. Son père ne s'interdisait rien en réalité, et surtout pas une femme. Le tabou exerçait même sur lui une force d'attraction irrésistible. C'était sûrement ça. Son corps le trahissait, victime d'un héritage génétique. Cette femme n'avait rien de vraiment spécial…

Hormis une langue bien pendue. Acérée, vive.

Un authentique courage aussi, face à un avenir incertain.

Javier se crispa un peu plus. Quelle importance, la personnalité d'une femme ? Celle-ci servirait les desseins conjugaux de son frère. À condition que Matteo se révèle capable d'en gérer les angles vifs… Mais ce caractère tranchant ferait sûrement de Violet une reine efficace.

Dans l'intimité, en revanche… Non, ce désir en lui n'avait rien de fondé. Une construction factice, créée de toutes pièces par son côté obscur. Ce fameux héritage dont son frère et lui se seraient volontiers passés.

— Si vous avez quelque chose à dire, dépêchez-vous, déclara-t-il enfin d'un ton brusque. Je suis occupé.

— C'est ce que je vois. Dites… Vous n'auriez pas une chemise sous la main ?

— Ma séance d'entraînement n'est pas terminée, ce serait du gâchis. Poursuivez.

Alors seulement, il nota qu'elle serrait un dossier dans sa main.

— J'ai rassemblé toutes les informations que j'ai pu recueillir sur votre pays, dit-elle. Et répertorié les bénéfices que je pourrais vous apporter en m'implantant ici.

— Que voulez-vous dire ?

— Votre tissu industriel s'est effiloché, il n'en reste quasiment plus rien. Mes produits sont fabriqués et vendus aux États-Unis pour l'essentiel, mais ceux destinés au marché européen… Je ne vois pas ce qui m'empêcherait d'en relocaliser la production ici. Cela me permettrait de maîtriser mes coûts et créerait ici un nombre d'emplois substantiel.

— Nous ne sommes pas nécessiteux.

— En effet. En revanche, les femmes, surtout, sont sous-employées dans ce pays. En milieu rural le mariage d'enfants n'est pas rare. Je sais que votre père fermait les yeux sur ces pratiques…

Javier pinça les lèvres.

— Nous combattons cela. Nous n'avons pas fermé les yeux.

— Je sais. Je me suis beaucoup documentée aujourd'hui, j'ai l'impression de mieux comprendre ce que vous essayez de faire ici. Eh bien, j'y crois ! Et vous avez raison, vivre en égoïste ne fait aucun bien. Cela n'a jamais été mon but, du reste. Savez-vous que je préside avec ma sœur une association caritative qui vient en aide aux femmes en difficulté ?

Javier secoua la tête.

— Je l'ignorais, je regrette.

— Minerva a choisi d'élever l'enfant de sa meilleure amie qui avait été assassinée par son amant. Comme elle regrettait de ne pas avoir pu faire davantage pour elle, nous avons créé cette fondation en son honneur. Je cherchais justement un moyen d'aider les femmes en situation de vulnérabilité. Ma sœur a été une grande source d'inspiration.

Violet battit des cils avant d'ajouter :

— Longtemps je n'ai travaillé que pour moi, pour essayer de montrer à mon père… Mais peu importe, soupira-t-elle. Le travail accompli pour cette association m'a offert plus de gratifications que n'importe quelle autre activité. Faire de Monte Blanco ma base européenne ouvrira une ère nouvelle pour ce pays.

— Vous avez une très haute opinion de vous-même.

— Non ! Je sais jouer avec l'opinion publique, voilà

tout. La jauger, la manipuler aussi, sans doute, appelez ça comme vous voudrez. C'est une de mes compétences majeures. Je peux vous aider.

— Eh bien… Je ne pense pas que Matteo s'y opposerait.

— J'en suis certaine. Qu'est-ce qu'il s'imagine de toute façon, qu'il peut m'obliger à rester ici les bras croisés en attendant son retour ?

Javier se mit à rire.

— C'est exactement ce qu'il pense, je vous le garantis.

— Et je suis censée croire qu'il est le souverain le plus humain et charitable que le pays ait connu ?

— Il l'est, quoi que vous en pensiez.

— J'ai une question à vous poser.

— À qui bon ces précautions ? Vous semblez n'avoir aucun problème à exprimer vos pensées…

— Bien. Dites-moi, comment saviez-vous que ce que faisait votre père était mal ? Et d'où vous est venue l'idée de réparer les dégâts ? Par quel moyen avez-vous réussi à sortir des chemins tracés par votre éducation ? Tout à l'heure, pendant notre échange, j'ai compris une chose importante. Nous ne parlons pas la même langue, nous avons des attentes différentes, parce que nos réalités sont différentes… Prendre soin de la nation tout entière est aussi naturel pour vous que de respirer. Or cela ne l'était pas pour votre père. Il ne vous l'a donc jamais appris. Alors, comment avez-vous fait ?

— Simple, répondit-il. À la seconde où nous découvrons le monde à l'extérieur de la bulle dans laquelle nous avons grandi, nous cessons de croire notre point de vue infaillible. Nous commençons à nous interroger. Notre réalité est-elle réellement celle du monde qui nous entoure ? J'étais depuis peu dans l'armée, j'avais seize ans. Je suis arrivé dans un village où l'on mariait une petite fille de six ans…

Aujourd'hui encore ce souvenir le mettait hors de lui. La souillure entacherait sa mémoire à vie.

— J'ai tout stoppé. J'ai rassemblé mes hommes et ordonné que soient mis aux fers et son père et le futur marié. Je me souviens d'avoir pris la petite dans mes bras. Elle était terrorisée. Lorsque je suis allé trouver mon père pour lui confier mon effarement, il m'a sermonné. Ce n'était pas à moi, disait-il, d'imposer mes convictions au peuple. Mon père croyait peu à la liberté, Violet. Ses motivations étaient purement matérielles. L'argent d'abord. La paix, la protection des frontières. Mais la liberté, non.

Il reprit son souffle, les yeux rivés au mur du fond.

— Ce jour-là, j'ai cessé net de croire à ce que je voyais. Il ne m'a pas fallu longtemps pour comprendre que mon frère traversait une crise de conscience similaire. Alors, ensemble, nous nous sommes mis au travail lui et moi pour changer les choses.

— C'est extraordinaire !

Quelque part, il était d'accord avec Violet. Il ne s'était jamais senti particulièrement héroïque, juste un soldat, un simple soldat désabusé donnant des ordres qui ne lui avaient pas été transmis, mais qui auraient dû l'être pour peu que le chef ait eu un minimum d'intégrité.

— La plupart des gens s'en lavent les mains, vous savez.

— Pas moi, répliqua Javier.

— En effet. Pourriez-vous s'il vous plaît m'emmener en ville ?

Javier acquiesça. Il comprenait maintenant son projet. Ses intentions. Elle avait raison, en outre. Il n'était pas raisonnable que Matteo la laisse ici inoccupée.

Et puis rien ne l'obligeait à faire valider par son frère les moindres broutilles. Ils devaient se faire confiance.

— Parfait. Mais j'aurais besoin d'un téléphone…

— Votre portable ainsi que vos affaires de maquillage sont en chemin. Vous les aurez demain. Ensuite nous irons sur le terrain, vous avez ma promesse.

7.

Violet avait mis plusieurs heures à se remettre du spectacle de Javier torse nu.

Elle se doutait déjà qu'il était du genre agréable à regarder, musclé, solidement bâti. Ses habits cachaient mal ce physique de rêve. Il n'empêche, le voir sans lui avait tout de même causé un choc.

Son corps. Cette vaste étendue de peau dorée, lisse, parfaite. Le duvet brun sur son torse - elle n'aurait jamais cru ce détail capable de l'émoustiller - dessinant un chemin vers le creux de son ventre, comme une invitation au voyage… Son ravisseur était canon.

Mais le temps manquait pour s'appesantir sur ce phénomène. Pour l'heure, elle avait une mission à remplir. Redressant les épaules, elle jeta un dernier regard à son reflet dans le miroir avant de quitter sa chambre. Elle avait proposé qu'ils se rejoignent dans l'antichambre, certaine de savoir de quelle pièce il s'agissait. Elle s'était fait un devoir de maîtriser la configuration du palais.

Elle avait aussi récupéré son téléphone ce matin-là. Un sentiment d'allégresse ne la quittait plus depuis la seconde où l'appareil avait été déposé dans sa main. Et cependant pas une seule idée ne lui était venue depuis pour rafraîchir son compte sur les réseaux.

Aucune envie non plus d'appeler chez elle. Parce qu'elle était furieuse. Parce qu'elle ne savait même pas quoi dire…

Elle rangea le portable dans son sac à main et se hâta vers le lieu du rendez-vous.

Javier l'attendait déjà. Violet se força à le balayer rapidement du regard sans s'attarder sur la symétrie hallucinante de son visage, rehaussée par la cicatrice qui lui barrait la joue. Elle n'aurait pas dû éprouver l'envie d'en connaître l'origine. Ni même de savoir quoi que ce soit au sujet de cet homme, d'ailleurs.

— Bonjour ! Comme vous pouvez le constater, dit-elle en désignant son propre visage, j'ai retrouvé mon éclat d'antan.

Pour toute réponse, Javier la gratifia d'un regard distrait qui lui fit l'effet d'une insulte.

— Où irons-nous pour commencer ? demanda-t-elle, ravalant sa déception.

— Dans la capitale. À tout seigneur tout honneur… Elle se trouve à une trentaine de minutes d'ici, au pied de la montagne.

Le ventre de Violet se contracta. Ses mains tremblaient. Était-ce l'idée de se retrouver pendant une demi-heure en contact rapproché avec lui dans une voiture ? Ou de sortir de ce palais pour la première fois depuis des jours ?

Son isolement accentuait le côté irréel de la situation. Dans cette débauche d'or et de joyaux étincelants, il était facile de se croire dans un rêve, une sorte de fantasmagorie enfantine, pimentée par la présence d'un mâle très adulte. Dès les portes du palais franchies, le champ s'élargirait. Le rêve s'estomperait au contact du monde réel retrouvé.

Javier la guida vers une berline de sport noire à l'allure racée et discrète à la fois. Lui, en revanche, n'était pas du genre passe-partout, que cela lui plaise ou non. À le voir ce matin sanglé dans un costume noir à la coupe impeccable, Violet eut le sentiment qu'il faisait son possible pour ne pas se faire remarquer, mais sa taille imposante et son autorité naturelle l'empêcheraient toujours de se fondre dans le décor.

Il lui ouvrit la portière. Elle s'engouffra à l'intérieur et sa tension grimpa d'un cran lorsqu'il se glissa derrière le volant. Pas de chauffeur… Et l'habitacle était plus étroit qu'elle ne l'avait imaginé. Mais sans doute ne ressentait-il aucune pression de son côté. Un colosse pareil, taillé dans le roc…

Elle songea au sourire qu'il avait esquissé lorsqu'elle l'avait interrogé la veille et chassa aussitôt ce souvenir hautement inflammable. Ce roc n'était pas taillé pour elle. Ses fantasmes devaient rester sobres. Un comptable, peut-être, amateur de pantalons classiques à pli marqué, débordant de gentillesse. Un type charmant prénommé Stephen, par exemple, qui lui apporterait ses roulés à la cannelle au lit au petit matin après lui avoir fait tendrement l'amour.

Elle eut beau puiser dans son imagination, rien de tout cela ne lui parut alléchant. D'où lui venaient ces goûts particuliers en matière d'intimité ? Elle n'avait jamais projeté de rester vierge jusqu'à vingt-six ans. Encore moins compté sur cet homme-là pour éveiller son désir…

Allons ! Cette impression de rêver persistante émoustillait ses sens, rien de plus. Elle était déconnectée de la réalité. Le syndrome de Stockholm, voilà ce que c'était. Elle souffrait d'un syndrome de Stockholm sexuel.

Dès qu'ils se mirent en route, elle abaissa sa vitre et mit le nez dehors pour humer l'air pur des sommets, qui lui injecterait peut-être un peu de bon sens.

— Voudriez-vous fermer la fenêtre ? Je n'ai pas pour habitude de conduire en public avec une tête féminine sortant de ma voiture.

Violet s'exécuta à regret.

— Je profitais du grand air…

— Qui de nous deux est un Saint-Bernard, maintenant ?

Elle se tourna vivement vers son chauffeur.

— Est-ce qu'un bon mot vient de sortir de votre bouche ?

Mais oui ! s'écria-t-elle comme il esquissait un sourire. Vous avez plaisanté ! C'est incroyable.

— On ne m'y reprendra pas.

Cette phrase résonna longtemps dans le silence revenu. Violet frissonna et se concentra sur le paysage à la place. La végétation se raréfiait à mesure qu'ils roulaient, laissant place peu à peu à la civilisation. La terre battue sous les roues devint caillouteuse puis se couvrit de pavés.

La capitale de Monte Blanco n'était pas moderne. Le contraire l'aurait surprise… Elle se composait de solides bâtisses assez basses en belles pierres ouvragées, comme enracinées dans la montagne, dont les excroissances biscornues laissaient filtrer ici et là des rayons de soleil aveuglants au hasard des ruelles étroites et tortueuses. Collés les uns aux autres, les commerces se disputaient l'espace restreint, petits cafés, boutiques diverses, mais aussi un nombre étonnant d'ateliers de créateurs à la devanture alléchante.

— C'est beau ! Si cela se savait, les touristes afflueraient…

— Le tourisme n'était pas encouragé du temps de mon père, dit Javier. Dernièrement le commerce a connu un léger rebond, mais…

— Il reste du chemin à faire. Compris. Arrêtez-vous.

— Quoi ?

— Arrêtez la voiture. Je dois prendre une photo.

Un vélo jaune vif appuyé contre un mur. Tout à côté, sur l'appui d'une fenêtre, une jardinière débordant de géraniums rouge sombre. Le tout sur fond de pierres grises omniprésentes…

Javier obéit, visiblement peu convaincu.

Elle se dépêcha de descendre. Dans la cour intérieure du café le plus proche, elle aperçut quelques clients attablés autour de tasses fumantes.

— Excusez-moi… C'est votre vélo, là-bas ?

La jeune femme penchée sur son ordinateur portable à qui elle s'était adressée la considéra d'un air las. Puis elle avisa Javier qui arrivait derrière Violet et ses yeux s'écarquillèrent.

— Tout va bien, dit Violet, il est inoffensif. J'aimerais juste prendre votre vélo en photo.

— Bien sûr, murmura l'inconnue.

Violet alla vite se placer contre le vélo, la main posée sur le guidon.

— Photo ! dit-elle en tendant son téléphone à Javier.

— Tout ça pour ça ? Et, au fait, je ne suis pas inoffensif.

— Oui. Vous êtes très féroce. Prenez cette photo.

Elle regarda droit devant elle, lui présentant son profil, et fit bouffer légèrement ses cheveux avant de caler une main sur sa hanche.

— Là, dit-il. Satisfaite ?

— Laissez-moi vérifier.

Elle lui arracha presque le portable des mains et scruta l'image. Exactement ce qu'elle cherchait. Avec de légers ajustements, les couleurs feraient merveille sur le gris uni de la pierre.

Souriant jusqu'aux oreilles, elle retoucha rapidement le cliché puis accéda à son compte et improvisa un bref commentaire.

Explorer de nouveaux territoires, une de mes passions ! Restez connectés pour d'autres infos sur votre prochaine destination de rêve…

— Et voilà ! De quoi faire parler. Susciter la curiosité.

Javier baissa les yeux sur l'écran.

— Je ne comprendrai jamais les gens.

— Peut-être qu'ils ne vous comprennent pas non plus.

La réplique le laissa de marbre.

— Désolée. C'était de l'humour. Je pensais que vous commenciez à l'apprécier… Montrez-moi donc le reste de la ville maintenant. J'ai hâte.

Il la regarda comme s'il venait de lui pousser une seconde tête.

— Vous avez conscience que je ne passe pas tout à fait inaperçu ?

— Moi aussi, d'habitude. Le mieux est de ne pas y prêter attention. Et si je dois devenir reine…

— Dès maintenant, vous attirez aussi les regards en marchant à mon côté. C'est un signe assez fiable de votre importance.

— Eh bien ! Pour l'humilité, on repassera…

— Et vous, jouez-vous les faussement modestes en évoquant votre célébrité ? Votre statut social ? Et, ce, depuis notre première rencontre !

— C'est juste, dit-elle.

Ils marchèrent un moment en silence. Violet se concentra sur la connexion de ses pieds avec les pavés. Une façon de chercher l'apaisement comme une autre. L'endroit était si pittoresque. Plus qu'une ville, un village, truffé d'originalités à explorer.

— Quel est votre principal produit d'exportation ?

— Aucun. Nous privilégions l'autonomie. Nos fabrications restent à l'intérieur de nos frontières pour la plupart, au service des citoyens.

— C'est un système peu répandu.

— Et précaire…

— Donc, si mes cosmétiques étaient fabriqués à Monte Blanco, ils deviendraient son exportation principale… Et le développement du tourisme attirerait l'attention sur vos autres produits.

— Avec des bénéfices substantiels pour l'économie du pays, en effet. Mais la fortune personnelle de mon frère suffit à l'alimenter pour le moment.

— C'est un homme d'affaires très prospère, d'après mes recherches.

— Il vous plairait, en dépit d'un petit côté tyrannique.

— Plus prononcé que chez vous ?

— Peut-être pas, concéda Javier.

— Tous des tendres dans la famille…

Javier se raidit.

— On ne m'a jamais qualifié de tendre.

Elle le regarda. Son torse, un mur de muscles. Son visage taillé dans le granit.

— Je veux bien le croire, dit-elle.

Elle aperçut alors, un peu plus haut dans la ruelle, une boutique proposant des glaces artisanales. La diversion tombait à pic.

— J'ai envie d'une glace !

— Une glace ? Mais quel âge avez-vous ?

— Ce n'est pas réservé aux enfants, que je sache.

— Je n'en mange jamais.

— Absurde. Tout le monde a besoin de glaces. À moins d'une intolérance au lactose, bien sûr, auquel cas il suffit de trouver un substitut sans lait…

— Je ne suis intolérant à rien du tout.

Violet ne put se retenir de rire.

— Vraiment ? Après seulement quelques jours en votre compagnie, Javier, je peux attester que vous souffrez d'intolérance à tout un tas de choses… Heureuse d'apprendre que le lactose n'en fait pas partie.

— Vous êtes incroyablement agaçante.

— Ce n'est pas la première fois qu'on me le dit, répliqua Violet d'un ton détaché.

— Qui d'autre ?

— Mon frère aîné, pour commencer. Et Dante, mon frère d'adoption, devenu mon beau-frère aujourd'hui.

— Je peine à vous suivre.

— C'est plus simple qu'il n'y paraît. Mon père l'a trouvé dans la rue, littéralement, durant un voyage d'affaires à Rome, et l'a pris sous son aile. Ma petite sœur en est tombée amoureuse tout de suite, je crois.

— Mais pas vous.

Elle rit de plus belle.

— Je me revois expliquant à Minerva que la rudesse me rebute chez un homme.

Un silence tendu suivit cette confidence. Violet se mordit la lèvre. Ce n'était plus tout à fait vrai aujourd'hui, après réflexion. Elle accéléra le pas et poussa sans hésiter la porte du glacier.

Le choc qui se peignit sur le visage des propriétaires à la vue de Javier lui redonna le sourire.

— Tous ces parfums ! s'exclama-t-elle d'un ton joyeux en s'approchant du comptoir vitré.

— Nos glaces sont toutes faites maison, expliqua la femme d'une voix un peu timide. Avec le lait de nos propres vaches.

— Oh ! C'est merveilleux. Raison de plus pour y goûter. Je prendrai un cône chocolat espagnol, s'il vous plaît. Et vous ? demanda-t-elle à Javier. Vous n'avez pas changé d'avis ?

— Non.

— Vous manquez quelque chose.

Javier tendit un billet à la commerçante, qui recula d'un pas.

— Votre Altesse ne nous doit rien.

— Au contraire, rétorqua fermement Javier en posant le billet sur le comptoir. Vous devriez me réclamer le double.

— Vous êtes ce genre d'homme, n'est-ce pas ? dit Violet en quittant la boutique. Qui tient les portes et règle l'addition… Un gentleman.

Javier eut un petit rire dénué de joie.

— Vous me prêtez un profil plus conventionnel que nature.

— Voyons… Vous avez œuvré pendant des années à détricoter les lois édictées par votre père, vous avez sauvé une petite fille du mariage, vous vous battez pour maintenir ce pays à flot…

Elle lécha délicatement sa boule de glace. Délicieux.

— Je dirais que tout cela correspond à un comportement de gentleman, pas vous ?

— Simple décence élémentaire. Tout homme digne de ce nom en aurait fait autant. Dans ma position l'inaction aurait relevé de la complicité. Je me suis refusé à cautionner les agissements de mon père, voilà tout.

— Combien d'autres l'auraient fait pour leur petit confort personnel ?

Promenant les yeux autour d'elle, Violet repéra une fresque peinte sur un coin de mur en retrait de la ruelle envahie de tous côtés par le lierre. Elle alla aussitôt examiner l'œuvre de plus près. Absolument ravissante.

— Pouvez-vous me tenir ceci, s'il vous plaît ?

Il referma les doigts sur la glace qu'elle lui tendait avec autant de précautions que s'il s'agissait d'une plante vénéneuse. Violet prit une photo, puis une autre. Lorsqu'elle se retourna, Javier tenait toujours le cône d'un air si chagrin qu'elle se pencha pour recueillir un petit bout de glace qui menaçait de fondre.

Elle le sentit aussitôt se crisper. Il réagissait à son contact, exactement comme elle réagissait au sien. À cette idée, la tête lui tourna, une drôle d'excitation la saisit. C'était très troublant. Pourtant, au lieu de prendre ses distances elle enroula spontanément la main autour de la sienne. Une décharge électrique lui secoua le corps.

— Vous devriez goûter, dit-elle.

— Je vous l'ai dit, je n'en veux pas.

Sans un mot, elle poussa légèrement le cône vers lui. De guerre lasse sans doute, Javier approcha les lèvres du chocolat, ses yeux noirs plantés dans les siens.

Violet mesura aussitôt son erreur.

Parce qu'il avait maintenant la bouche là où la sienne s'était posée.

Parce que leurs mains se touchaient, et que les yeux noirs plantés dans les siens semblaient dire combien ce serait bon de la lécher plutôt elle, à la place.

Tout cela ressemblait dangereusement à une sortie de route. La logique exigeait qu'elle haïsse Javier. Elle aurait dû le gratifier d'un coup de pied bien placé et courir chercher du secours dans le magasin le plus proche, au lieu de s'attarder ici dans la rue en sa compagnie.

Elle avait complètement perdu le sens des réalités.

— C'est bon, dit-elle d'une petite voix.

— Oui, murmura Javier avant de repousser sa main d'un geste vif. Cela suffit, je crois.

Violet acquiesça, la gorge nouée. Que lui arrivait-il ? Pourquoi tant de difficulté à se maîtriser devant cet homme ? C'était insensé. Il lui vint une envie de pleurer.

La visite de la ville s'acheva dans une ambiance assez morose.

De retour dans sa chambre au palais, Violet se jeta sur le lit et enfouit la tête sous les oreillers.

Là, elle s'autorisa enfin à regarder la vérité en face.

Elle était attirée par son ravisseur. Qui n'était autre que le frère du mari qu'on lui destinait.

Plus grave encore, l'attirance était réciproque. Et la tentation constante. Elle avait même failli goûter au fruit défendu tout à l'heure… Dieu merci, ils avaient repris leurs esprits.

Elle passa le restant de la nuit à s'efforcer d'éprouver du soulagement, quand tout son corps n'était que frustration.

À l'aube, un plan avait pris forme. Son ventre se tordait d'angoisse à l'idée de le mettre en pratique, mais elle n'avait pas le choix.

8.

Javier n'en pouvait plus. Violet mettait sa résistance à rude épreuve. Il s'appliquait à l'éviter depuis leur équipée en ville l'autre jour. La tentation que lui présentait cette femme en permanence était inacceptable. Et son frère qui ne se décidait pas à rentrer !

Sa propre faiblesse le désolait. Il redoutait sérieusement de capituler si cela continuait.

Il serra les poings. Il n'était pas un faible !

Sa vie n'avait jamais été facile, même avant la rébellion contre son père. Longtemps, son service dans l'armée royale l'avait amené à dormir à la belle étoile en pleine forêt pour garder les frontières, le roi en pleine paranoïa imaginant des ennemis tapis derrière chaque sapin. De fait, les arrestations pleuvaient à l'époque. Il avait loyalement participé à cette chasse aux sorcières.

Il ne savait trop ce qu'il préférait oublier, cette période lointaine de sa vie ou son attirance actuelle pour Violet.

La voix de Violet, justement, dériva jusqu'à lui dans le hall depuis la salle à manger, théâtre des dîners officiels organisés par son frère. Une pièce gigantesque, communiquant avec la salle de bal par une vaste terrasse qui permettait de profiter d'un panorama éblouissant sur les montagnes.

— Bien sûr, l'architecture n'est rien comparée à la splendeur des paysages naturels. Voici pour vous un aperçu de ce lieu paradisiaque depuis mes fenêtres... Le meilleur reste à venir !

Elle se tenait près des baies vitrées, son portable en main. L'apercevant, elle agita l'appareil avant de le poser.

— J'ai tourné une courte vidéo pour aguicher mes *followers*.

— Évidemment.

Elle le regarda.

— Ce n'est pas parce que vous ne comprenez pas la manœuvre qu'elle n'est pas efficace…

— Loin de moi cette pensée.

— Menteur. Ce que vous ne comprenez pas, vous le jugez indigne de vous.

— Je n'ai pas dit que je ne comprenais pas.

— Vous êtes impossible, dit-elle en se rapprochant de lui.

Javier tenta de se concentrer sur le paysage au-dehors, mais se surprit à l'observer en douce. Elle avait récupéré son précieux maquillage. La Violet King découverte le tout premier jour était de retour. Sa marque de fabrique, assurément.

— Toute cette peine que vous vous donnez, dit-il en désignant son visage, pour parler à des inconnus qui ne se trouvent même pas dans la pièce !

Violet lui fit un clin d'œil.

— De cette manière, si nous sommes dans la même pièce et que je ne prends pas la peine d'enfiler mes cils, vous savez que je vous aime bien.

— Vous portez de faux cils ?

— Un accessoire très courant. J'avais l'habitude de m'en faire poser avec un trait de colle chaque semaine, mais je préfère la flexibilité des extensions montées sur bande que je peux retirer moi-même le soir.

— Franchement, vos cils ne m'intéressent pas.

Javier jeta un regard aux franges couleur charbon en question, spectaculaires il fallait le reconnaître. Il s'aperçut que les cils de Violet ne l'indifféraient pas tant que cela, au sens où il regrettait de ne plus les voir comme l'autre matin, au naturel, plus sombres au bord de la paupière, plus clairs sur les pointes, l'intimité de cette vision matinale lui apparaissant soudain dans toute sa saveur.

— Vous savez ce qui m'intéresse, moi ? reprit-elle. Le grand air. J'aimerais sortir d'ici.

— Les grilles sont fermées, allez donc vous promener si cela vous chante. Sans vous perdre dans un terrier, de préférence.

— Encore un bon mot ! Vous devriez le noter. Je pensais plutôt à une visite guidée.

— Des jardins ou de l'ensemble du domaine ? Je vous préviens, ces terres sont plutôt sauvages.

— Tant mieux, je suis d'humeur sauvage ce matin, dit-elle avec un petit sourire énigmatique.

Il hocha la tête et la précéda vers la sortie, tout en se demandant fugitivement si cette dernière remarque cachait un sous-entendu.

Un sentier traversait les jardins méticuleusement entretenus depuis plusieurs générations. Une telle domestication de la nature témoignait aux yeux de Javier de la puissance de la famille royale. En conséquence, il ne les avait jamais aimés.

— Prenons plutôt de ce côté, dit-il. C'est par là-bas que nous aimions jouer, Matteo et moi, enfants.

Le chemin caillouteux conduisait à un bosquet dense abritant en son sein un trou d'eau alimenté par une cascade. L'eau vive dévalant les rochers sombres et pointus était d'un bleu cristallin, si clair que l'on voyait le fond du bassin, mais Javier savait que l'on pouvait plonger, plonger encore sans jamais en voir la fin.

Son frère et lui adoraient cet endroit. C'était un peu un autre monde, un refuge secret à l'écart du palais et de ses contraintes. Ces moments avec Matteo lui avaient été précieux. Son frère était si sérieux, petit. Peut-être pressentait-il le fardeau qui lui incomberait un jour.

— C'est magnifique, commenta Violet.

Il s'attendit à la voir dégainer son portable. Elle se borna à tournoyer sur elle-même pour absorber la splendeur intacte qui les entourait.

— Vous savez, dit-il, les yeux baissés sur la surface d'eau pure étincelante, mon père ne s'est jamais aventuré jusqu'ici.

— Quel gâchis ! Habiter aussi près d'une telle merveille et ne jamais en profiter…

— Tant de choses sont restées ignorées de mon père. Seul le pouvoir, le confort l'intéressaient. Il n'a jamais posé les yeux sur ce coin de nature. Pas plus que sur la douleur qu'il infligeait à son peuple.

— Mais vous, vous l'avez fait. Vous le faites encore.

— Je m'y efforce…

— Vous aviez l'habitude de venir nager ici ? Je n'arrive pas à vous imaginer en train de vous amuser, de rire aux éclats…

— Cela m'arrivait souvent, je vous assure.

— La baignade est sans risque, n'est-ce pas ?

Comme il confirmait d'un hochement de tête, Violet sortit son téléphone, le posa sur la rive puis retira ses chaussures pour glisser les orteils dans l'eau.

— L'eau est gelée !

— Elle descend en ligne droite d'un glacier.

Elle le fixa, une lueur de défi dans le regard.

— Quoi ? dit-il.

Trop tard. Elle s'était déjà jetée à l'eau, cette eau gelée, tout habillée, la tête la première.

Elle se lança dans une nage fluide, ses longs cheveux déployés autour d'elle comme des rubans de soie, les volutes de sa robe dessinant une voile. Une culotte blanche apparut brièvement sous la surface. Javier en resta saisi.

— Venez nager avec moi !

— Non.

Elle se rapprocha du rivage et lui décocha un sourire espiègle.

— S'il vous plaît…

Javier se remémora alors une de ses questions : « Faites-vous quoi que ce soit pour vous ? »

Nager n'était pas trahir.

Son corps s'éveilla aussitôt. Une drôle de sensation dans le ventre. Une tension dans les épaules. Il avait parfaitement conscience de jouer avec les limites de l'acceptable, mais dans cette eau glacée… Et puis, il s'abstiendrait de la toucher.

Il déboutonna sa chemise et l'abandonna sur un rocher. Puis les chaussures, le pantalon. Une fois en caleçon il plongea, le plus loin possible de Violet, et glissa au ras de la surface jusqu'au centre de la pièce d'eau, laissant le froid anesthésier par une myriade de piqûres d'épingles sur tout le corps le désir qui le consumait.

Du moins, l'espérait-il.

En se tournant vers Violet, il lut dans ses yeux une surprise mêlée de crainte et haussa les sourcils.

— C'est bien ce que vous attendiez ?

— Oui… Hormis le *strip-tease*.

Ce mot provocant vibra dans l'air et se faufila sous sa peau. À croire que l'eau glacée n'avait pas fait son office.

Que se passait-il, bon sang ? Pourquoi la tentation le foudroyait-elle de nouveau, ici et maintenant ?

Elle parut sur le point de dire quelque chose, mais se ravisa. Et soudain il comprit.

Il comprit qu'il venait d'entrer lui-même en tentation. De plonger dedans, littéralement. Tout ce qu'il s'était raconté tout à l'heure sur la rive n'était que mensonges. Il ne voulait qu'une chose, se rapprocher de Violet…

La situation était nouvelle pour lui. Jamais une femme ne l'avait aimanté à ce point. Tout les séparait, pourtant. Une petite Américaine chouchoutée toute sa vie à l'abri des dures réalités… Il n'empêche, dès que leurs regards se croisaient, une émotion aussi intense qu'inédite s'emparait de lui, à tout coup.

Elle se rapprochait insensiblement de lui.

— Ne faites pas ça, murmura-t-il.

— Je…

Sans prévenir, elle tendit la main et suivit du pouce la cicatrice qui lui barrait la joue.

— Comment vous êtes-vous fait ça ?

— L'histoire n'est pas jolie, dit Javier d'une voix enrouée.

— Racontez-moi.

— Vous devriez avoir peur de moi. Et vous êtes là, en train de me pousser à bout…

— Vous avez dit que vous ne me feriez aucun mal.

— Intentionnellement, non. Mais vous me touchez, comme si je ne risquais pas de succomber à une tentation que nous regretterions l'un et l'autre.

— Qui dit que je le regretterais ?

Il serra les dents.

— Vous le regretteriez.

— Javier…

— J'aidais un homme emprisonné à tort par mon père à s'évader. Un garde s'est interposé. C'était la guerre, Violet. J'ai fait ce qui devait être fait.

Elle le fixa en silence, les yeux écarquillés.

— Oui, dit-il. Exactement.

— Vous avez fait ce qu'il fallait, chuchota-t-elle.

— C'est dans ma nature. Je suis un homme qui fait son devoir. Un homme qui n'a presque plus rien d'humain.

Elle laissa glisser le doigt sur sa peau, lui arrachant un frisson.

— Vous m'avez l'air très humain, là.

— Violet… Vous ne m'êtes pas destinée.

Il se dégagea et rejoignit la rive en trois brasses.

Il se rhabilla sous son regard attentif, déconcerté par

l'intérêt qu'elle lui portait. Puis elle émergea à son tour, sa robe plaquée sur sa silhouette fine. Ses seins pointaient, bien visibles. Javier crut s'entendre rugir intérieurement.

— Vous ne m'êtes pas destinée, répéta-t-il tout bas avant de la planter là.

Elle trouverait seule le chemin du retour. Il suffisait de suivre le sentier.

Le goût âcre de l'échec lui était familier. À seize ans, la révélation que son père n'était pas le souverain bienveillant qu'il avait toujours vu en lui l'avait brisé. Son regard sur le monde, sur l'existence, sur lui-même avait changé du jour au lendemain. C'était la dernière fois qu'il avait ressenti une vraie souffrance. La douleur avait imbibé chaque fibre de sa chair et l'avait insensibilisé à vie.

C'était Matteo qui l'avait sauvé du néant. Parce qu'il luttait contre les mêmes démons, son frère lui avait apporté la preuve qu'il n'était pas devenu fou. Il avait été son ancre dans la tempête.

Aujourd'hui son âme replongeait dans les pires tourments par la seule faute des yeux sombres et si lumineux à la fois de Violet King.

Lorsqu'elle avait posé la main sur la sienne dans cette ruelle et croqué la boule de glace telle Ève la pomme dans le jardin du Bien et du Mal, il n'avait plus pensé qu'à une chose, écarter le cône pour prendre sa bouche.

Dans le bassin encore, une envie folle l'avait saisi de la traîner jusqu'à la rive pour se coucher sur elle…

Tout cela était en contradiction absolue avec l'homme d'honneur qu'il avait choisi de devenir. L'honneur n'était pas inné, il ne coulait pas dans ses veines. Matteo et lui savaient cela et restaient constamment sur leurs gardes.

Et voilà que cette femme l'incitait à se trahir.

À trahir son frère. Le seul homme auquel il devait toute

loyauté. Celui qu'il s'était engagé à détruire s'il devait un jour abuser de son pouvoir. Tel était leur lien. Voilà jusqu'où pourrait aller son dévouement.

Sa convoitise envers Violet venait tout compromettre. Son engagement, ses convictions, et jusqu'à son identité…

Son portable se mit à sonner.

Matteo ! À croire qu'il avait senti le vent de la trahison depuis l'autre bout du continent.

— Oui ?

— Nous avons réussi, dit son frère. Monte Blanco sera bientôt membre du Conseil Uni. Ma souris s'est révélée une nouvelle fois indispensable.

— Est-elle dans la pièce avec toi ?

— Bien sûr.

Javier renonça à le tancer sur son vocabulaire. À ce stade, il avait perdu le droit de faire la morale à qui que ce soit.

— Quand rentres-tu ? demanda-t-il d'une voix bourrue.

— Dans deux jours. Nous allons faire halte à Paris pour une réunion diplomatique.

— Tu as bien fait de passer de longues années à étudier le commerce…

— Il y a en effet des similitudes entre diplomatie, commerce et gouvernance d'un pays. Pas de la façon dont l'entendait notre cher père, naturellement. Le but n'est pas de nous en mettre plein les poches.

Exact. Ils ne recherchaient en aucun cas une satisfaction personnelle.

Javier songea à Violet, à son envie violente, viscérale, de la toucher, et grimaça.

La colère montait. Non pas contre lui-même, ce qui aurait été plus juste, mais contre la cruauté du sort. Il était prince, d'un claquement de doigts il pouvait voir tous ses souhaits réalisés dans la seconde. Pourquoi cette femme-là entre toutes, alors qu'elle était la seule au monde qui lui soit absolument interdite ?

Un doute perfide s'insinua dans son esprit. Serait-ce précisément pour cette raison qu'elle distillait à ses yeux un charme hors du commun ? Parce qu'elle était le fruit défendu ?

C'était la marque d'un ego démesuré. Rien sur Terre ne devait lui être refusé pour peu que cela lui fasse envie…

Non ! Cela, il ne le permettrait pas.

— Il me tarde que tu reviennes, dit-il à Matteo.

— Comment va ma fiancée ?

— Disons qu'elle n'est pas très favorablement disposée à l'égard de vos fiançailles.

— Ce projet a contribué à la réussite de nos réunions, sais-tu ? Violet King est très appréciée à l'étranger pour son flair en affaires. Quel atout de choc elle sera pour moi !

— Tu ne la connais pas.

— Toi si, désormais, n'est-ce pas ? J'ai hâte d'entendre tes conseils sur la meilleure façon de l'apprivoiser.

Sur ce Matteo raccrocha, laissant Javier la main crispée si fort sur le téléphone qu'il aurait pu le briser. Ou se briser les doigts. Quelle importance ?

Il quitta son bureau d'un pas vif. Quelque chose l'incita à se diriger vers la salle où s'était déroulée la leçon de danse de Violet et où il s'était complètement remis en question pour la première fois de sa vie après l'avoir tenue dans ses bras. Il était invraisemblable qu'une quasi-inconnue soit parvenue à défaire vingt ans de travail sur la maîtrise de soi…

Lorsqu'il poussa les portes de la salle de bal, elle était là, lovée dans un fauteuil capitonné près des baies vitrées, baignant dans l'or d'un rayon de soleil. Elle avait ramené les jambes sous elle, ses orteils nus dépassaient de son joli fessier. Elle portait une tenue simple et décontractée, rien de voyant. Elle n'était pas maquillée non plus. Elle lisait.

Aucun téléphone en vue.

À son approche, elle leva les yeux de son livre.

— Je ne m'attendais pas à ce que vous rôdiez du côté de la salle de bal, dit-elle.

— Quelle surprise de vous voir rôder tout court. Et loin de tout ordinateur, de surcroît.

— J'ai emprunté ce livre dans la bibliothèque. La pièce est belle, mais un peu sombre. Et j'aime la lumière naturelle de cette salle de bal.

— C'est pour protéger les livres, expliqua Javier. Que lisez-vous ?

— Un recueil de contes de fées locaux. C'est passionnant. Chaque pays produit sa version des mêmes histoires, sans doute parce qu'elles s'adressent à l'humain en nous. Ma préférée jusqu'ici est celle d'une princesse retenue prisonnière par un monstre.

— C'est ainsi que vous me voyez ? Comme un monstre ?

Violet referma le livre et le posa sur le guéridon le plus proche.

— Possible. Vous a-t-on jeté un sort ?

— Pas que je sache.

— C'est ce qui m'a intéressée dans votre version du conte. Le prince ne devient pas un monstre du fait de ses péchés, il est puni pour des méfaits commis par son père. Puis, comme dans une histoire qui m'est familière, l'héroïne se retrouve prisonnière du fait des agissements de son propre père. Nous ne sommes pas loin du compte, n'est-ce pas ?

— À ceci près que c'est mon frère qui serait ce prince ensorcelé, dans l'histoire.

— Si vous le dites, répliqua Violet en le regardant droit dans les yeux.

— Le marché conclu par votre père vous a choquée ?

Violet acquiesça lentement.

— Je croyais que nous… Enfin, je savais qu'il n'était

pas parfait, mais je ne l'imaginais pas en parfait scélérat comme votre père.

— Vous savez, je n'ai pris conscience de la vraie nature de mon père que le jour où j'ai constaté de mes propres yeux le mal qu'il avait infligé à notre pays. Quant au vôtre, je vois surtout en lui un désespéré pris au piège dans un moment de panique dont a profité mon frère. Matteo s'efforce d'agir avec honneur mais, comme moi, il ne craint pas de se montrer impitoyable au besoin. Je souhaite bon courage à ses opposants.

— Mon père aurait dû me protéger, au lieu de m'utiliser comme monnaie d'échange. Cela, je n'arrive pas à le lui pardonner. Je ne pourrai jamais.

— Est-ce pour cela que vous m'avez suivi de votre plein gré ? Pour lui donner une bonne leçon ?

Violet grimaça.

— Peut-être. Je ne vous cache pas que je comptais sur ma notoriété pour me sauver. Je pensais manquer au public. Mais tout compte fait cette prise de distance commence à me plaire. Ces vacances se révèlent intéressantes.

— Sauf que vous allez épouser mon frère.

— En principe.

— Vous en discuterez ensemble à son retour. Il devrait être ici dans deux jours.

— Deux jours ?

— Oui. Ne prenez pas cet air consterné…

— Je ne peux pas faire autrement, je suis consternée.

— Pourquoi ?

— Je… Je pensais disposer d'un peu plus de temps.

Une lueur sauvage traversa soudain son regard. Elle se leva et s'avança vers lui.

— Vous le sentez, je le sais, Javier. C'est fou, n'est-ce pas ? Je ne devrais rien éprouver pour vous. Mais… Écoutez, je sais que c'est de l'ordre de l'alchimie, un courant qui passe ou je ne sais quoi, et pas des sentiments. Il n'empêche…

Elle se mordit la lèvre et le regarda par en dessous d'un air à la fois innocent et terriblement aguicheur.

— Ne pensez-vous pas que nous devrions nous laisser une chance d'y goûter avant que je ne sois vendue en mariage ?

— Je croyais que vous vous appliquiez à résister à cela, dit Javier d'une voix rauque.

— De toutes mes forces.

— Je ne peux pas, Violet. Je dois à mon frère une loyauté éternelle. Je ne vais pas la compromettre pour une affaire aussi basique que le sexe. Vous vous méprenez sur mon compte, *querida*, si vous pensez que je peux me laisser aussi facilement déstabiliser.

— Vous êtes un homme d'honneur, je l'ai bien compris, mais je n'ai rien promis à votre frère, moi, dit-elle en plaquant une main sur son torse.

Elle sentait sûrement son cœur sous sa paume. Ce cœur qui se déchaînait contre ses muscles, son sang et ses os là-dessous… Contre tout ce qui était honorable, juste et réel, contre tout ce en quoi il avait placé sa foi depuis des années.

Un soupir tremblant échappa à Violet. Il en perçut la chaleur sur ses propres lèvres, tant elle était proche de lui. Tant sa propre destruction était proche…

Il était un roc. Un bloc d'acier. Il l'était devenu par nécessité. Un homme inaccessible aux émotions, qui s'était voué à un idéal. Qui savait avec une absolue certitude que le moindre écart signerait sa perte - il deviendrait alors un dépravé comme son père. Rien ne pouvait l'atteindre.

Rien… Sauf elle.

Menue, fragile, délicate. Et tellement puissante.

Non par sa réussite ou son argent, mais par la lumière que distillait sa beauté. Un ouragan enrobé d'une peau à la douceur exquise sur laquelle il rêvait de poser ses mains.

Lorsqu'elle se hissa sur la pointe des pieds pour presser

la bouche contre la sienne avec une maladresse presque touchante, Javier se brisa comme du verre.

Il enroula les bras autour de Violet, glissa une main sur sa nuque. Un geste qui changeait tout. L'univers bascula.

Elle comptait sur un avant-goût, une dégustation légère. Il fit de ce moment un festin. S'il devait être détruit, autant que le palais s'écroule avec lui. Autant saper le socle sur lequel il avait bâti sa vie, et jusqu'aux bases de son identité. S'il devait se dissoudre dans le néant, alors du monde et de cette femme il ne resterait que des ruines.

Il lui mordilla la lèvre inférieure, glissa la langue contre la sienne et l'embrassa profondément, longuement, jusqu'à ce qu'elle se cambre contre lui, gémissante, alanguie, docile, si bien que la question de qui était aux commandes pour les mener au bord du désastre ne se posait plus : c'était lui et nul autre. Son choix était fait. Il n'avait pas cédé à la tentation, il l'avait accueillie à bras ouverts.

Et Violet avait d'ores et déjà capitulé. Le drapeau blanc était hissé dans l'ardeur avec laquelle son corps se coulait contre lui, dans les petits geignements qu'elle poussait tandis qu'il s'autorisait à caresser ses courbes. Il l'enserra plus fort pour lui faire éprouver l'insistance de son propre désir. Il aimait aller au bout des choses. S'il ne pouvait être un homme d'honneur, alors il consommerait la trahison jusqu'à la lie.

Ce fut la vue du livre posé sur le guéridon qui l'aida à se ressaisir. Un éclair de normalité familière, comme un rappel de l'homme qu'il était censé être. Il se détacha de Violet et la redressa.

Elle semblait hébétée, les lèvres gonflées… Dévastée.

Exactement comme lui.

— Jamais, dit-il. Cela n'arrivera jamais entre nous.

— Mais… C'est déjà fait !

Javier pouffa malgré lui.

— Pour vous imaginer que nous avons fait le tour de la question, vous êtes bien plus novice que je ne le croyais.

— Je…

— Ce que je pourrais vous faire, Violet, murmura-t-il. Ce que je pourrais nous faire… Toute la suite de votre vie amoureuse en serait gâchée, et même votre sommeil. Vos vêtements, une promenade dans la rue, un rien vous fera penser à moi. La caresse d'une étoffe sur votre peau, la chaleur du soleil sur votre corps, tout cela vous rappellera mes mains, ma bouche sur vous, et vous aurez beau jouer des doigts pour tenter de retrouver la satisfaction que je vous aurai offerte, ce sera peine perdue.

— Et votre frère ? Échouerait-il aussi ?

— Oui, après cela… Même lui ne vous comblerait jamais. Voilà pourquoi je m'abstiens.

Là-dessus il lui tourna le dos et quitta la salle de bal d'un pas martial, abandonnant son honneur brisé entre les mains délicates de Violet.

Plus vite Matteo reviendrait, plus vite il pourrait quitter ce palais. Quitter Violet. Son frère devait accomplir ce qu'il pensait juste pour Monte Blanco. Mais qu'il ne compte pas sur lui pour assister à la noce.

9.

Elle avait échoué sur toute la ligne.

Violet fut incapable de trouver le sommeil ce soir-là tant l'humiliation était cuisante. Elle était censée le séduire, c'était son seul travail. Et puis elle avait perdu le contrôle. L'inexpérience avait sûrement joué en sa défaveur. Son cœur martelait constamment ses côtes depuis, comme s'il cherchait à s'en échapper.

Elle ne s'attendait pas à être débusquée dans la salle de bal. Cette immense pièce déserte lui avait paru un refuge sûr pour se changer les idées, ne plus penser à son plan, justement, après son échec à la cascade…

Maintenant que Javier lui avait confié des fragments de son passé, elle avait la sensation de le connaître un peu mieux, et son plan de séduction lui donnait quelques remords, alors même qu'il semblait la solution parfaite. Si Javier couchait avec elle, Matteo ne voudrait plus l'épouser.

Tel était son pari.

Un pari qui l'avait excitée, de façon assez perverse. Pour la première fois de sa vie, un homme l'attirait, pourquoi ne pas en tirer parti ?

Puis, la veille, la lecture de ce conte l'avait éclairée non seulement sur la culture de ce pays, mais aussi sur Javier, à travers le personnage de la Bête. Un homme transformé en monstre par la faute de son père et jugeant cette mue définitive, tant il était convaincu de devoir composer avec les péchés paternels pour éviter à tout prix de devenir un monstre à l'intérieur comme il l'était déjà à l'extérieur.

Elle était si absorbée dans ses réflexions que l'apparition inattendue de Javier l'avait complètement prise au dépourvu. Ce hasard lui avait semblé sur le moment une opportunité à saisir, elle avait improvisé une manœuvre de séduction qui l'avait très vite dépassée. Elle s'était laissé emporter.

Tout le problème était là. Son bon sens de femme d'affaires moderne responsable et autonome ne l'avait pas empêchée de se laisser entraîner dans un conte de fées, et ni les connaissances qu'elle avait acquises ni ses réussites antérieures ne l'avaient préparée à l'effet que lui faisait cette histoire.

À l'effet qu'il lui faisait, lui.

Elle n'en était pas à son premier baiser. Les précédents ne l'avaient pas spécialement marquée. Chaque fois, elle avait été soulagée d'y mettre un terme, de se dégager de l'étreinte masculine pour reprendre le cours de sa journée sans avoir été caressée plus bas que la gorge, ce qui lui convenait parfaitement.

Javier, en revanche… Elle avait envie qu'il la touche. Mais elle redoutait maintenant que la prédiction énoncée avant son départ précipité se révèle exacte. Qu'elle soit à jamais brûlée, altérée, incapable de l'oublier, si les choses devaient aller plus loin entre eux.

— Ridicule ! se morigéna-t-elle à voix haute.

Une de ces fanfaronnades que se racontent les hommes… Mais cela ne se vérifie jamais, tu le sais très bien. C'est impossible.

L'idée qu'elle puisse rater son objectif d'éviter le mariage avec Matteo la tétanisait, mais quelque part une autre perspective l'affolait plus encore : celle de s'en aller d'ici sans connaître l'effet que lui ferait Javier. Elle se méprisait pour cela, pour cette faiblesse. Car c'était une faiblesse, n'est-ce pas ?

Sur une impulsion, elle quitta le lit, sortit de sa chambre et se faufila dans le couloir.

Les appartements de Javier étaient assez éloignés, elle le savait depuis qu'elle avait mémorisé la configuration du palais…

Soudain, au beau milieu de l'escalier, elle eut une illumination. Elle ne le trouverait pas là. Il était ailleurs, mais où ?

Dans la salle de sport, peut-être, comme l'autre jour, en train de s'infliger une séance d'exercices exténuante qui avait tout d'une expiation. Ce serait logique, après leur entrevue d'aujourd'hui…

Non. Elle s'arrêta net une nouvelle fois.

La bibliothèque.

Il serait dans la bibliothèque, elle le sentait. En train de chercher le livre qu'elle lisait tout à l'heure.

Si elle se trompait, eh bien… Elle retournerait dans sa chambre et lâcherait l'affaire. Toute l'affaire. Un coup de folie, rien de plus. Elle laisserait tout tomber et trouverait une autre solution pour se tirer de cette situation délicate, en faisant appel à sa cervelle et à son sens des affaires.

En poussant la porte, la première chose qu'elle vit fut le feu allumé dans la cheminée. Pour le reste… Personne ici. La déception l'envahit, l'étrangla presque, aussi violente que le soulagement qui allégea au même moment sa poitrine.

Puis elle le vit, debout dans un recoin près des étagères, un livre ouvert à la main.

La lueur orangée des flammes dansait sur son visage, soulignant le relief ciselé, les pommettes marquées, ses yeux noirs, impénétrables.

— Qu'est-ce que vous faites là ?

— Je vous cherchais, dit-elle. J'étais sûre de vous trouver ici.

— Comment avez-vous deviné ?

— Vous aviez envie de lire l'histoire. De découvrir la fin.

— Les fins heureuses ne sont pas réalistes.

— Mais si. Elles arrivent tous les jours…

— Pas aux monstres qui entraînent des jeunes filles à leur corps défendant dans un château improbable.

— Vraiment ? Cette histoire existe dans toutes les cultures, sous une version ou une autre. Nous avons sûrement besoin d'y croire. De croire que même celui qui se voit comme un monstre peut trouver le bonheur.

— Un peu simpliste.

— Et alors ? Quel est l'intérêt de vivre en cynique ? Et, du reste, en quoi le cynisme est-il moins superficiel ?

— Ce n'est pas du cynisme de ma part. C'est une vie passée au contact de la difficulté. Des atrocités, même. Une vie à constater qu'il n'existe pas d'issue heureuse possible pour certaines personnes. Le pouvoir absolu confère le droit de vie et de mort, ce n'est pas neutre. Qui le détient doit se préserver de la corruption coûte que coûte, sans quoi il détruira le monde autour de lui.

— Soit, mais ici et maintenant, dans cette bibliothèque… Il n'y a que vous et moi, n'est-ce pas ? Qui d'autre est obligé de savoir ? Cela ne sortira pas d'ici. Cela n'aura aucune conséquence.

Tel n'était pas le but de sa démarche. Elle aurait dû souhaiter au contraire que Matteo l'apprenne, et qu'il y ait des conséquences tangibles.

Néanmoins, elle était sincère.

Car soudain elle avait juste envie de retirer ce fardeau des épaules de Javier, ne serait-ce qu'un bref moment. Envie d'adoucir ces angles sur son visage. Envie d'alléger la souffrance qu'il charriait dans son âme, lui qui se prenait pour un monstre et pensait devoir ne jamais faillir afin d'empêcher ce monstre de gagner en puissance.

En arrivant ici elle comptait le provoquer, exiger de savoir pourquoi il se montrait si loyal envers un frère parti en lui déléguant un travail de baby-sitting. Elle avait changé d'avis.

Ce moment devait rester hors du temps. Ils étaient seuls au monde. Il n'y avait rien au-delà de ces quatre murs. Rien au-delà du cocon tout chaud tissé autour d'eux par les flammes dans la cheminée. Rien au-delà du feu qui brûlait entre eux…

De sa vie, elle n'avait jamais désiré un homme. Et quelles que soient les circonstances de sa venue dans ce pays, ce château, elle désirait celui-là.

Le désir qu'elle attendait, elle l'avait trouvé ici.

C'était plus intense et plus profond que ce qu'elle s'était imaginé dans sa grande naïveté. Peut-être le désir ressemblait-il toujours à cela, une aspiration bien supérieure au simple besoin physique de caresses. Être vue, être touchée aussi, mais à une profondeur inaccessible aux mains.

Le côté sombre de Javier trouvait en elle un écho troublant.

Sa vie avait été un tourbillon. Un clan trépidant, merveilleux, qu'elle adorait, en dépit du sale coup que lui avait fait son père… Des fêtes, des vacances, et tant d'autres choses… Le triomphe professionnel. Le vrombissement des réseaux sociaux.

Tout cela venait de s'évaporer. Pour la première fois de sa vie, Violet King se révélait une entité réellement indépendante, campée sur ses deux pieds, faisant des choix exclusivement pour elle-même, et non pour prouver sa valeur ou réagir à une sollicitation extérieure. Elle suivait un élan viscéral.

Un sentiment de puissance grisant l'envahit, elle, la captive d'un palais royal étranger, face à ce geôlier qui loin de l'effrayer, l'emplissait de désir.

Qu'importe le résultat, du moins ce choix était le sien.

Cette fois, ce fut Javier qui fit le premier pas. Il s'avança et l'enlaça tandis qu'elle frissonnait par anticipation. Le plaisir que lui avait procuré son baiser tout à l'heure surpassait déjà tout ce qu'elle avait pu connaître par le passé. Dès que leurs bouches se scellèrent, elle gémit, soulagée d'être de nouveau touchée, consumée par lui.

Une poignée de jours plus tôt elle ne le connaissait pas. Elle menait la vie qu'elle s'était construite, une vie qu'elle aimait sans savoir qu'il lui manquait une chose, une seule, élémentaire. Elle était alors très loin de se douter des sensations que pouvait offrir le désir. De ce qu'il pouvait signifier.

Elle aurait évidemment signé tout de suite si on lui avait proposé de se réveiller un beau matin chez elle, dans son lit, ignorant tout des agissements de son père.

Jusqu'à maintenant. Jusqu'à ceci. Jusqu'à lui…

Non, ce n'était pas simpliste. Depuis quand le bonheur était-il simpliste ? Et pourquoi traiter le désir comme une chose primaire, sans valeur ? Un désir aussi intense n'était pas une broutille, il n'arrivait pas à tout le monde, à tous les couples elle le savait d'instinct et se délectait de cette forme de magie unique.

Elle se délectait de Javier.

Une langue souple et exigeante à la fois glissait contre la sienne, et cette douce friction la rendait folle. Ses seins lui semblaient lourds tout à coup, ses cuisses tremblaient de s'ouvrir. Elle se sentait prête, prête pour elle ne savait quoi… Oh ! sur le plan physique, c'était assez clair. Le mystère était ailleurs, dans une composante indéfinissable de ce désir fou, qui dépassait la biologie et relevait plutôt de l'alchimie. Comme une énergie primitive venue du centre de la Terre, un sortilège d'un temps révolu, dont elle avait besoin sans le savoir.

À présent, elle savait.

Javier l'explorait d'une main sûre, à croire qu'il savait exactement où elle avait le plus besoin de ses caresses. Ses paumes remontèrent vers ses seins pour s'arrondir autour et en taquiner les pointes du pouce. Comme elle étouffait une exclamation, il en profita pour approfondir son baiser avec une ferveur juste… Impossible.

La sensation devenait si intense que Violet n'était plus très sûre d'y survivre. Javier n'était pas un roc, c'était un homme. Le contraste entre eux apparut plus net que jamais et un peu magique aussi, comme tout ce qui s'échangeait entre eux. À lui la force, la fermeté, la chaleur, tandis qu'elle n'était que douceur, mais cette douceur était peut-être une force en soi, qui sait ?

L'univers se trouva subitement réduit à ce que percevaient ses sens. La rugosité de la barbe naissante contre son visage. Ces mains rudes, calleuses, tirant sur son chemisier, son pantalon. Violet glissa les siennes sous la chemise et gémit au contact des muscles toniques et brûlants. La Californie du Sud regorgeait de corps bien faits. Elle savait déjà, pour avoir vu Javier torse nu à la salle de sport puis à la cascade, qu'il était un spécimen éblouissant. Mais là, sous ses doigts, quel plaisir ! C'était comme s'il avait été taillé dans la pierre puis doté du souffle juste pour elle, pour ce moment, pour qu'elle puisse l'admirer.

Et le savourer.

Elle voyagea du bout des doigts sur le ventre ferme. Comme il retenait son souffle, ces muscles somptueux se crispèrent et ondulèrent à son contact. Grisée de constater son pouvoir, elle lui caressa le cou, puis ce dos si large, si puissant. Le monde entier reposait sur ses épaules, c'était peu de le dire…

Elle l'embrassa, portée non seulement par le désir, mais aussi par le sentiment d'une osmose incroyable qui lui dilatait la poitrine. Grâce à lui, elle voyait clairement en elle pour la première fois, et quoi qu'il arrive ensuite cela ne pourrait jamais lui être enlevé. Ses seins nus maintenant fondaient contre le torse de Javier, les pointes frottant le duvet doux. Quelle merveille…

Elle ne se doutait pas de l'intensité de ce qui l'attendait. Dans son esprit, faire l'amour était une chose légère, sucrée, un bonbon. Ici, c'était du brut. Un festin des sens. L'odeur de sa peau, le toucher de ses mains… Le dur et le doux mêlés. La douleur et le plaisir. Et un désir si profond qu'il en devenait inconfortable. Elle éprouva soudain une aspiration violente à la satisfaction, un besoin que cesse le tourment car elle chancelait, en équilibre sur une corde tendue au-dessus d'un firmament étincelant.

Si elle tombait, elle tomberait indéfiniment, à coup sûr.

Mais si elle ne tombait pas…

Alors elle ne saurait jamais.

Les deux issues possibles s'annonçaient aussi terrifiantes qu'exaltantes.

Lorsqu'il l'allongea sur le tapis moelleux devant la cheminée et la dénuda tout à fait, Violet sentit son contrôle s'effilocher au même rythme que la corde.

Il joua des doigts entre ses jambes avec habileté pour dénicher le point le plus sensible, attisant les flammes en elle jusqu'à l'insupportable. Dans un vertige, elle songea que cette situation devrait la gêner, sans doute. C'était la première fois qu'un homme la voyait nue et la touchait aussi intimement. Pourtant elle n'éprouvait aucune honte. Absolument aucune. Parce que c'était lui. Ce n'était pas logique, elle le connaissait si peu…

Mais sur l'essentiel, dans la profondeur de l'être, ils se rejoignaient. Les péchés de son père avaient fait de Javier une bête. Elle se trouvait captive ici par la faute de son propre père. Ils avaient tous les deux de belles propriétés. De grandes richesses. Un pouvoir certain. Et l'un comme l'autre ils étaient très seuls sur tant d'aspects… Mais pas ce soir. La gêne ou la honte n'avaient donc pas leur place ici.

Lorsqu'il quitta sa bouche pour se laisser glisser vers le bas de son corps, son souffle s'enraya. Il fit halte sur un mamelon durci, le lécha avec ferveur, l'aspira… Elle s'entendit gémir, toute vibrante de plaisir. Il plaqua une paume entre ses seins dans un geste apaisant, puis la glissa entre ses jambes pour taquiner ses lèvres humides avant d'enfouir un doigt en elle.

Alors qu'elle se tortillait pour se dérober à cette étrange invasion, elle sentit un pouce caressant se poser sur son clitoris gonflé. Un sillon de feu se creusa jusqu'au fond de son ventre, et toute résistance l'abandonna. Un baiser après l'autre, la bouche de Javier dévalait le long de son ventre. Bientôt une langue chaude et souple prit le relais de ces doigts diaboliques sur son sexe offert. Un violent frisson la secoua.

— Mon nom, grogna-t-il, la bouche contre ses chairs tendres. Dis mon nom. Que je sache...

Comment pouvait-il en douter ? Évidemment qu'il n'y avait que lui ce soir pour elle. Qui d'autre ?

— Javier !

Il se redressa le temps de l'embrasser à pleine bouche. Elle put ainsi goûter son propre désir sur ses lèvres. Encore. Elle voulait encore le déguster. Elle voulait le tourmenter à son tour, avec la même sensualité perverse...

Mais il s'installait déjà entre ses cuisses. Un frémissement apeuré la parcourut, qui s'estompa vite comme il capturait de nouveau ses lèvres pour l'embrasser jusqu'à l'étourdir avant de s'inviter en elle, en toute légèreté, puis en profondeur.

La sensation d'étirement, de brûlure, affola son pouls. Pourtant elle ne voulait surtout pas que cela s'arrête, parce que c'était ce qu'elle attendait. La nouveauté, la différence... La métamorphose. Tout ce qui dans son esprit se nichait dans l'acte d'amour, le vrai.

Lorsqu'il s'enfouit au plus profond de son corps, elle appuya la tête contre son épaule, frissonnant sous la douleur et la chérissant en même temps, éblouie par l'intensité de ce moment. Il était si puissant, si tendu pour l'emplir. Elle en perdit le souffle et la parole et toute faculté de réflexion, réduite à l'impuissance, envoûtée par cette tempête qui les emportait.

Elle s'agrippa à son cou pour rester envers et contre tout enracinée sur Terre, dans le sol de cette bibliothèque. Pour qu'ils y restent ensemble, tous les deux, sans témoin, sans autre attente que ce corps à corps. Rien ne l'obligeait à être la meilleure. Rien ne l'obligeait à surpasser son frère ni à se rendre intéressante. Être. Rien d'autre. Ni calcul ni combat. Juste des sensations pures, lumineuses, crépitant tel un feu d'artifice dans tout le corps…

Il se figea un instant puis se remit en mouvement.

Elle se trouva subitement de nouveau en équilibre instable sur cette corde raide. Sous ses pieds, un vide insondable et éblouissant de lumière. La peur la traversa, mais il l'enveloppait de ses bras, de tout son corps, il l'envahissait au plus intime et, tout ce qu'elle pouvait faire, c'était s'arrimer à lui et lui faire confiance comme jamais elle n'avait fait confiance à quiconque.

Voilà ce que c'était, tout compte fait. Une confiance à donner, à partager aussi. Car si vulnérable soit-elle en cet instant, il l'était tout autant. Elle se fiait à lui pour la retenir, mais il se nichait dans ses bras avec la même fièvre. Elle se sentait si féminine, si fragile… Et dans le même temps, jamais elle ne s'était sentie aussi égale.

Sur un ultime coup de reins de son amant, elle sombra dans un néant bienheureux, une volupté infinie dont elle ne soupçonnait pas l'existence.

Il ne tarda pas à la suivre dans un rugissement de plaisir. Une myriade d'étoiles étincelaient sous ses paupières. En rouvrant les yeux, elle s'aperçut que les flammes étaient juste là, dans la cheminée de la bibliothèque…

Et Javier était toujours avec elle.

Javier dont le cœur battait à l'unisson du sien. Un peu trop vite. Un peu trop violemment. Elle voulut serrer dans ses bras ce corps d'athlète doré à souhait par le feu, mais il s'écartait déjà.

— Pourquoi ne pas me l'avoir dit ? gronda-t-il en fourrageant dans sa tignasse brune.

— Quoi donc ?

— Que tu étais vierge.

— Oh. Ça. Eh bien… Si ça peut aider, je ne l'ai pas fait exprès.

— Tu as conscience que cela aggrave encore la chose.

— Pourquoi ?

— Parce que je t'ai… Je t'ai gâchée.

— C'était une promesse de ta part, non ? Tu menaçais de gâcher toute la suite de ma vie amoureuse…

— Ce n'est pas à cela que je faisais allusion, répliqua Javier d'un ton rageur en se levant.

— Dans ce cas, tu veux bien m'éclairer ?

— Si tu étais vierge, alors ta virginité lui était destinée.

— Elle était destinée à qui je l'ai donnée.

— Me l'as-tu donnée ? Ou t'en es-tu sciemment débarrassée ?

— Non !

Violet flancha intérieurement. L'idée que cela pourrait compromettre le projet de Matteo lui était effectivement venue. Mais au moment de passer à l'acte ses motivations étaient tout autres.

— Nous ne vivons pas tous au Moyen Âge, Javier. Moi je ne viens pas de ce monde-là, tu le sais. Si je décide de coucher avec quelqu'un, c'est mon choix, mon affaire, et non un levier de négociation archaïque comme semble le penser mon père. Je ne te dois aucune explication.

— Mais, moi, je dois pleine loyauté à mon frère !

— Alors cet échec est le tien, répliqua Violet sur la défensive, chagrinée de constater que la parenthèse de félicité s'était refermée. C'était ma première fois, et tu es en train de tout salir. Tout allait vraiment bien avant que tu te mettes à parler.

— C'est une réalité qu'il nous revient d'affronter. Tu dois épouser mon frère…

— Tu ne peux pas sérieusement penser que je vais accepter ce mariage après ça !

Javier se borna à la contempler en silence d'un air morose.

— Tu le penses, murmura-t-elle. À tes yeux ce fameux intérêt général que vise ton frère est plus important que mes aspirations. Plus important que ce que nous venons de partager ici. Tu sais pertinemment que je ne veux pas l'épouser. Même en oubliant que nous venons de faire l'amour… Tu sais que je veux rentrer chez moi.

La fureur montait. Et le sentiment d'impuissance aussi. Parce qu'elle se sentait transformée en profondeur, tandis que lui restait de marbre.

— Comment se fait-il que rien n'ait changé pour toi ?

— Le monde autour de moi n'a pas changé. Mes obligations non plus.

— C'était une erreur, dit Violet. Une énorme erreur.

Elle rassembla ses vêtements éparpillés et se rhabilla à la hâte puis sortit de la bibliothèque sans un regard en arrière, la poitrine oppressée, le cœur en miettes.

Comment pouvait-il l'avoir dévastée à ce point ? Ce plan était pourtant le sien, un plan de séduction pour s'octroyer une chance de recouvrer sa liberté. Joli résultat !

Leur connexion lui avait paru si belle et singulière. Digne qu'on se batte pour elle.

Javier ne voyait pas les choses ainsi.

En refermant la porte de la chambre derrière elle, Violet se sentit pour la première fois véritablement prisonnière - non pas de ce palais, mais des démons embusqués au plus profond de Javier.

Existait-il seulement un moyen de leur échapper ?

Le surlendemain, dès l'annonce du retour de Matteo, Javier se dirigea vers les appartements de son frère avec une seule idée en tête.

Il savait qu'il outrepassait ses prérogatives, mais ce ne serait pas la première fois. La situation lui était devenue de plus en plus claire au fil des heures. S'il avait conscience d'avoir agi de manière impardonnable, une ligne de conduite et une seule s'imposait à présent.

— Tu dois la libérer, lança-t-il tout de go à peine entré dans le bureau du roi.

— Livia, vous voulez bien nous excuser un moment ?

L'assistante s'esquiva aussi furtivement que son animal totem.

— Tu dois être particulièrement satisfait de ses performances pendant ce voyage d'affaires, pour l'appeler par son prénom…

— En effet. Dis-moi, qui dois-je libérer au juste ?

— Violet King. Tu ne peux pas la retenir et valider ainsi le marchandage archaïque de son père !

— En étant l'instigateur, j'ai tout intérêt à le valider, il me semble.

— Elle est prête à nous offrir ses services professionnels. Mais elle ne souhaite absolument pas t'épouser.

— Pourquoi t'en soucies-tu à ce point, Javier ? s'enquit Matteo avec sa perspicacité coutumière.

— J'ai couché avec elle. Tu comprends dès lors qu'il serait problématique pour elle de rester ici.

Matteo le jaugea d'un regard impénétrable.

— Cela m'importe peu que tu aies couché avec elle, tu sais. Tant que tu ne recommences pas après notre mariage.

— Tu n'es pas fâché ?

L'idée de son frère posant les mains sur Violet le hérissa brusquement.

Matteo ne la connaissait pas. Il ne la méritait pas.

— Je n'éprouve aucun sentiment à son égard plus fort que je n'en éprouve pour mon assistante. Elle n'est pour moi qu'un instrument potentiellement utile, rien de plus. Ce qu'elle fait de son corps, ça la regarde.

— Je t'ai trahi, dit Javier.

— En quoi ? Elle ne s'était engagée à rien vis-à-vis de moi. Et je ne suis pas amoureux d'elle.

Cette absence totale d'émotion chez son frère exaspéra d'autant plus Javier qu'il avait, lui, perdu beaucoup de temps à batailler avec ses états d'âme dans toute cette histoire, alors que visiblement rien n'avait d'importance, en fin de compte.

— Laisse-la partir.

— Là, tu m'inquiètes, Javier. Je te rappelle que ma parole fait loi.

— Tu voulais que je t'alerte lorsque tu irais trop loin. Eh bien, c'est le cas aujourd'hui. Elle ne souhaite pas t'épouser. Elle veut rentrer chez elle.

— Et sa volonté l'emporte sur la mienne ?

— Tu mènerais une femme à l'autel sous la contrainte ?

— Je t'ai dit ce que je voulais.

— Et moi je suis en train de te prévenir que cela n'arrivera pas. Elle est mienne désormais.

— Alors, épouse-la.

Javier tressaillit et recula d'un pas.

— Quoi ?

— Épouse-la, toi, répéta Matteo.

— Pourquoi diable devrait-elle être mariée à tout prix ?

— Parce que j'ai conclu un accord avec son père et que je n'aime pas revenir sur un accord. Il m'a fait promettre cela. Je n'avais rien demandé, si tu veux savoir.

— Il t'a spontanément proposé sa fille ?

— Oui. Je crois que l'idée de se lier à une famille royale le séduisait.

— Elle ne veut pas de ce lien.

— Peut-être, mais, vois-tu, j'ai conclu une affaire avec Robert King. Il m'a donné quelques conseils professionnels dont j'avais besoin à ce moment-là. En échange, je me suis engagé à faire entrer sa fille dans notre famille royale. À faire de lui un roi, en somme.

— En échange de… ?

— De licences de fabrication.

— Violet est prête à offrir celles de sa ligne de cosmétiques.

— Parfait ! Je suis heureux de l'apprendre. Les deux solutions m'agréent. Ou je l'épouse, ou tu t'en charges, petit frère, mais l'un de nous deux doit le faire.

Javier considéra son frère. Un mur de briques, plus compact que lui-même encore… Pour la première fois, il regretta profondément de devoir fidélité à son frère sous prétexte qu'il portait la couronne. Il aurait tellement aimé lui dire d'aller se faire voir avec son décret. Ils étaient deux mâles dominants, de force physique égale, aussi réfractaires l'un que l'autre aux ordres venant d'autrui.

Seulement Matteo, étant l'aîné, avait seul le droit de suivre sa nature.

Il pensa à Violet.

Violet, qu'il pouvait renvoyer chez elle, ou garder.

La Bête en son château.

Il pouvait l'avoir. Pour toujours. La garder pour lui sans avoir à s'excuser pour cela.

— Pourquoi avoir laissé entendre que son père n'avait eu aucun pouvoir de décision dans l'affaire ? Pourquoi avoir évoqué un pari perdu ?

— C'est lui qui me l'a demandé. Il ne voulait pas qu'elle sache qu'il l'avait échangée contre un accord commercial. J'avais pour consigne d'embellir un peu la chose le moment venu.

— Quel salaud !

— Entre nous, il est plutôt correct, comparé à notre père.

— Notre père n'est une référence pour personne en matière d'éducation.

— Sans doute… Alors, qu'est-ce que ce sera ?

— Même si je l'épouse, tu seras obligé de prendre femme.

— J'en suis conscient, dit Matteo. Je suis sûr que ma souris peut m'aider sur ce point.

— Elle en sera ravie, indubitablement.

— Livia est toujours ravie de satisfaire mes moindres caprices. Ne suis-je pas son sauveur, après tout ?

— Je ne peux imaginer pire candidat pour le rôle de sauveur. Avoir une dette envers toi, ce doit être l'enfer. J'épouserai Violet.

— Intéressant… Je ne m'attendais pas à ce que tu acceptes.

— Si tu touches un seul de ses cheveux, je mettrai ma promesse à exécution. Je trouverai un prétexte pour te tuer.

— Tu aurais donc des sentiments pour elle ?

Longtemps, si longtemps, Javier, se penchant sur son âme, n'y avait vu que le néant. Violet s'était débrouillée pour le traverser, laissant dans son sillage un infime germe d'espoir. Un minuscule rayon de lumière…

À coup sûr le rire qu'elle avait su infiltrer en lui, le sourire qu'elle avait posé sur ses lèvres se consumeraient, à la fin des fins, avalés par son néant. Mais comme toute créature affamée, avide de chaleur, il ne pouvait pas se détourner d'elle, même sachant que son devoir exigeait cela de lui.

— Elle est mienne. Je ne sais pas bien pourquoi il m'a fallu si longtemps pour l'accepter. C'est moi qui suis allé la chercher en Amérique. Toi, tu t'es bien gardé de te salir les mains, tout ce temps. Après le mal que je me suis donné pour enlever cette femme, il est logique qu'elle partage ma couche, tu ne crois pas ?

— Comme tu voudras.
— Je le veux.
— Dans ce cas… Toutes mes félicitations pour la noce imminente !

10.

Matteo était de retour.

Violet le savait, pourtant elle ne lui avait toujours pas été présentée, et son angoisse allait croissant.

L'autre soir dans la bibliothèque, la réalité lui avait sauté à la figure. Le mutisme dévastateur observé depuis par Javier rendait la situation de plus en plus effrayante au fil des heures.

Cette nuit-là elle avait regagné sa chambre le corps à vif, sensible dans des zones auxquelles elle ne prêtait jamais attention jusqu'à présent… Et le cœur en cendres, brûlé par le rejet. Une douleur qu'elle n'avait pas anticipée et sur laquelle elle avait le plus grand mal à mettre un nom.

Le voir disposé à la donner à son frère après ce qui s'était passé entre eux, sans se soucier une seconde de ses aspirations à elle… Constater qu'il ne la désirait pas autant qu'elle le désirait… Car sinon, n'est-ce pas, La seule idée qu'elle couche avec un autre l'aurait mis hors de lui.

C'était tout simplement impensable pour elle, et quelque part elle aurait aimé que ce soit tout aussi inimaginable pour Javier.

Était-ce le fait qu'il ne prenne pas en compte son besoin de liberté ? La Bête libérait toujours la Belle à la fin de l'histoire, pourtant.

Mais c'était peut-être la vraie leçon à retenir.

Combien de ses amies avaient été détruites par une aventure d'un soir suivie d'un long silence ? Combien avaient été convaincues de l'existence d'un lien rare, puissant… Pour découvrir ensuite qu'il était à sens unique ? Elle aurait juré que la connexion avec Javier avait été magique, pour l'un comme pour l'autre. Folies que tout cela. Des sottises de débutante !

Elle était bel et bien prise au piège dans ce palais.

Pour la première fois, elle comprit qu'elle avait besoin de contacter sa famille.

Mais pas son père.

Ni sa mère.

Elle composa pour finir le numéro de sa sœur.

— Violet ! s'écria Minerva à l'autre bout de la ligne. Où es-tu ?

— À Monte Blanco, répondit-elle, les yeux sur les montagnes en contrebas visibles par la fenêtre.

Même le paysage avait perdu de son charme. Comment savourer la vue, après avoir enfin assimilé l'idée que ces murs étaient une prison ?

— Que fais-tu là-bas ?

Elle ne s'étonna même pas que sa sœur ait entendu parler de ce pays. Normal, Minerva était constamment plongée dans les livres.

— C'est une longue histoire. À l'origine… Pour faire court, papa a négocié mon mariage avec un roi que je n'ai toujours pas rencontré.

— Quoi ?

— Je suis sérieuse. J'ai été enlevée par un prince.

— Je… Alors, à quoi ressemble ta vie ? demanda Minerva, manifestement ahurie.

— En ce moment ou en général ?

— C'est juste que… je connais peu de filles capables de se dire enlevées par un prince avec aussi peu d'émotion…

— Ce n'est pas une blague, pourtant. Toi-même, tu as bien prétendu publiquement que tu portais l'enfant du meilleur ami de notre frère.

— Mais Dante ne m'a jamais enlevée.

— Il t'a tout de même emmenée dans son île privée.

— Pour me protéger. C'est différent !

— Bien sûr. Écoute, soupira Violet, je ne sais pas si je vais réussir à m'en sortir. J'essaie… Mais je suis toujours là, dans le palais, et… le pire, c'est que le roi n'est pas celui que je veux.

La porte de sa chambre s'ouvrit sur ces entrefaites. Elle se retourna, le portable serré dans sa main. Javier se dressait sur le seuil, tel un ange menaçant.

— Je vais devoir te rappeler, Minerva.

— Non ! Après avoir fait autant de mystères, tu vas te défiler ?

— J'y suis obligée. Désolée.

— Dois-je prévenir la police ?

— Je suis la captive d'un roi, Minerva. La police serait impuissante.

Violet raccrocha et leva les yeux vers Javier.

— Es-tu venu me livrer à mon futur époux ?

Ils ne s'étaient plus trouvés seul à seule depuis cette nuit-là. La dernière fois, il était nu. Comme elle. Sa peau brûlait encore à ce souvenir.

— À qui parlais-tu ? demanda-t-il.

— À ma sœur. Bizarrement, j'ai quelques soucis.

— De mon côté, j'ai discuté avec Matteo.

Violet inspira profondément et s'arma de courage.

— Et… ?

— Tu ne l'épouseras pas.

Une onde de soulagement déferla, si puissante que Violet manqua défaillir.

— Tu veux dire que… Je suis libre de partir ?

— Non, répondit-il avec gravité.

— Mais…

— C'est moi que tu vas épouser.

Violet ouvrit la bouche, mais aucun son n'en sortit.

— Il se trouve que ni mon frère ni Robert King n'ont été honnêtes sur les détails de l'histoire. Tu pourras appeler ton père pour confirmation. En attendant, Matteo a déclaré que l'un de nous devait t'épouser. C'est un édit royal.

— Mais… Qu'est-ce qui t'empêche, toi, de me laisser partir ?

— Je m'y refuse. Il m'a confié l'entière responsabilité de ta personne. Cela signifie que tu resteras ici. Avec moi.

— Mais j'ai une vie, tu le sais. Nous… nous nous connaissons…

— Tu aimes à voir en moi un homme transformé en monstre. À aucun moment tu n'as envisagé que je puisse être ce monstre. Ayant carte blanche, je compte te garder. Nous sommes très compatibles, n'est-ce pas ?

Le cœur de Violet s'était violemment emballé. Elle prit soudain conscience que la peur le disputait à l'ivresse devant ce nouveau rebondissement.

Cet homme sublime exigeait qu'elle devienne sa femme.

Il était celui qu'elle voulait, par-dessus le marché.

Si seulement il daignait montrer des signes de joie, voire d'un sentiment quelconque à son égard… Mais non, son discours sonnait creux. Plus stoïque et rigide que jamais, il présentait les choses comme un édit de plus à respecter. Comme s'ils n'avaient pas uni leurs corps. Comme s'il n'avait pas bouleversé le sien en profondeur. Comme s'il ne l'avait pas libérée, avant de précipiter sa chute.

— Tu t'attends à ce que je devienne ta femme, comme ça, tout simplement ? balbutia-t-elle. Je ne comprends pas…

— Il n'y a rien à comprendre. Tu exécuteras l'ordre qui t'est donné, point final, puisque tu te trouves à Monte Blanco maintenant et que les lois de ce pays prévalent.

— Et ce que je veux, moi, ça ne t'intéresse pas…

— Retrouver la liberté et ta vie d'avant, comme si rien ne s'était passé ? Mais cela s'est passé. Et tu es mienne désormais.

— Pourquoi, Javier ? Pourquoi m'épouser à sa place ? Je ne compte pas pour toi, visiblement.

À ces mots, il s'avança vivement vers elle et l'enlaça pour la serrer contre lui.

— Parce que tu es mienne. Aucun autre ne te touchera jamais. Je suis le premier, je serai le dernier. Ne t'avais-je pas promis que nul autre ne te comblerait mieux que moi ?

— C'est tout ce que tu veux ? Me posséder ? demanda Violet d'une voix enrouée.

— C'est tout ce que je peux faire.

La note d'amertume dans la voix de Javier ne laissa pas Violet indifférente. C'était bel et bien une émotion. Retenue, tout en contrôle, du fait de sa conviction profonde d'être un monstre, mais une émotion tout de même. Il lui avait expliqué qu'il n'était pas un gentil, mais qu'il avait le sens de l'honneur…

Il était en train de lui échapper et de tomber dans la cupidité.

En un sens, elle ne pouvait s'en prendre qu'à elle-même. N'avait-elle pas fait appel à sa convoitise, le jour où elle l'avait circonvenu dans la bibliothèque ? Elle avait même failli lui demander pourquoi il abandonnait de bon cœur à son frère ce que lui-même désirait si visiblement.

Aujourd'hui Javier n'avait plus besoin de ses encouragements pour agir. On sentait chez lui une volonté sauvage de la conquérir, elle et son corps. Il n'avait pas conscience d'avoir déjà assujetti son âme.

Au fond, se dit-elle soudain, l'émotion était bel et bien présente chez lui. Simplement, il était incapable de l'exprimer.

— Qu'est-ce que cela signifiera pour moi, d'être ton épouse ? demanda-t-elle.

Il la regarda.

— Tu ne m'as pas posé la question à propos de mon frère.

— Je ne l'aurais jamais épousé de toute façon.

— Il y aura moins de responsabilités, répondit-il enfin

après un silence. Au contraire de Matteo, je ne suis pas un personnage public.

— Et s'il me prend l'envie d'en assumer certaines tout de même ?

— Comme tu voudras. Tout est possible.

— Et les œuvres caritatives ?

— Nous nous efforçons de les développer, tu le sais, pour rehausser l'image de notre pays à l'international.

— La mienne, en particulier…

— Elle sera soutenue. Aussi largement que tu le souhaites.

— La gestion de mes biens ?

— Elle reste entre tes mains.

— Et si je refuse…

— Toutes tes propriétés passeront sous le contrôle de mon frère. Dans un cas comme dans l'autre, nos sorts seront liés.

— En d'autres termes, je n'ai pas vraiment le choix.

Tu te crois toujours dans un conte de fées ?

Tu te vois toujours comme la jeune fille mandatée pour aller dompter la Bête ?

La petite voix insistait…

Pour une raison qui lui échappa, Violet hocha la tête. Elle savait quel chemin choisir.

— Entendu. Oui, je t'épouserai. Je deviendrai princesse.

L'annonce fut faite dès le lendemain, relayée ensuite par les médias internationaux.

Violet fut contrainte de poster une photographie de la vue depuis sa chambre à coucher, accompagnée de commentaires enthousiastes.

— Attendra-t-on de moi que je quitte les réseaux sociaux ?

— Non, répondit Javier. Ta visibilité est un atout apprécié.

— Je vois, dit Violet, les yeux sur le repas somptueux qui venait de lui être servi. Il me faudra une bague, dans ce cas. Je n'ai pas besoin d'un diamant énorme, évidemment, mais si tu veux que je fasse le spectacle… Le grand jeu s'impose pour des fiançailles dans une famille royale.

— Je ferai sortir du coffre les joyaux de la Couronne à ton intention, ma princesse.

— Tu plaisantes, là ?

— Pas du tout.

Devait-elle le croire ? Violet se sentait un peu perdue. Ils n'avaient partagé aucun moment d'intimité depuis le retour de Matteo. Elle avait cru le connaître, mais ce sentiment se dissipait davantage de jour en jour.

— Eh bien, cela fera l'affaire, je suppose…

Elle fut vite fixée. À peine le dessert terminé, Javier la fit entrer dans la bibliothèque et annonça que les joyaux apparaîtraient sous peu.

Quelques minutes plus tard une escouade de serviteurs pénétrèrent dans la pièce à leur tour, les bras chargés de coffrets qu'ils disposèrent sur les consoles, la table basse, et même le sofa, avant de se retirer.

— C'est peut-être un peu excessif, murmura Violet.

— Tu voulais du spectaculaire, non ? Loin de moi l'idée de te décevoir.

Le regard brûlant de Javier ne la lâchait pas. Comment avait-elle pu un jour le trouver glacial ? Elle sentait sa chaleur se répandre dans son propre corps tel un feu follet.

Elle baissa les yeux sur le tapis disposé devant l'âtre sur lequel elle s'était donnée à Javier, scellant son destin, et s'empourpra violemment.

Javier soulevait déjà le couvercle du premier coffret. À l'intérieur, une bague richement ornée, lourde de pierres étincelant à la lueur des flammes.

Elle ne pourrait plus jamais voir de feu de cheminée sans penser à la peau de Javier, à son corps d'athlète fouillant le sien. C'était impossible…

Rougissant de plus belle, elle regarda, fascinée, ses mains

larges, puissantes, ouvrir un coffret après l'autre. Ici une bague pavée d'émeraudes. Là, des diamants champagne. Des citrines, des rubis… Une forêt entière de pierres précieuses, de toutes les couleurs et de toutes les formes.

— Voilà pour les bagues, dit Javier.

— Je…

— Aimerais-tu que je choisisse pour toi ?

Violet faillit protester. Et puis… Quelle importance ? Leur mariage ne serait pas un vrai mariage, de toute façon. Elle se moquait bien du bijou qu'elle porterait ce jour-là.

Sa gorge se serra.

Quelque chose pourtant semblait si réel dans cette histoire. Plus réel que tous ces diamants, ces pierres précieuses… Le palais tout entier était composé de pierreries, qui sait pourquoi elle se pâmait devant ces merveilles étalées sous ses yeux. Leur éclat n'y changeait rien de toute façon, elles n'avaient aucune réalité, comparées à la conviction et au désir qui flambaient dans son cœur.

Javier, lui, était bien réel.

Il n'était pas un roc ni un monstre, contrairement à ce qu'il croyait, mais bien un homme…

La bague n'avait aucune valeur en soi. L'important, c'était le choix qu'il ferait pour elle. L'important, c'était la connexion entre eux, bien réelle, elle aussi, qui l'avait poussée l'autre soir droit vers la bibliothèque où elle l'avait trouvé le livre de contes dans les mains, occupé quoi qu'il en dise à approfondir cette connexion.

Elle aspirait à des connexions depuis toujours. Avec son père, entre autres. Toute sa vie, elle s'était efforcée de lui prouver sa valeur, de lui montrer qu'elle était aussi douée que Maxim, aussi délicieuse que Minerva.

Avec Javier, qu'ils le veuillent ou non la connexion avait été immédiate. Il y avait là quelque chose de très réel, à quoi elle devait s'accrocher.

— Choisis, dit-elle enfin.

Sans l'ombre d'une hésitation, Javier saisit la bague ornée d'un rubis et la glissa à son annulaire.

— Ainsi tu es mienne, dit-il.

— Et tu es mien, répliqua Violet en refermant les doigts sur les siens. Si je suis à toi, tu dois être à moi. Je suis une femme de mon temps, ajouta-t-elle comme Javier semblait presque choqué. Je crois en l'égalité. Si tu comptes posséder mon corps, alors je posséderai le tien.

Il acquiesça lentement.

— Comme tu voudras.

— Elle me plaît, dit-elle, les yeux baissés sur sa bague de fiançailles.

— Tant mieux. Car il y a la suite.

Javier se dirigea vers la table basse, sur laquelle étaient disposés des écrins plus larges et plats. Il en ouvrit un, puis deux. Des colliers. Sublimes. Plus élégants les uns que les autres…

Il en choisit un, tout en or blanc et cabochons de rubis, assorti à la bague, et le brandit à la lueur des flammes. Violet en perdit l'usage de la parole, emportée dans ses rêveries.

À ses yeux, l'essentiel n'était pas la valeur marchande de ces pierreries, mais bien le soin avec lequel elles avaient été élues. Javier savait ce qu'il voulait la voir porter.

Une fois accroché délicatement autour de son cou, ce collier pesait lourd sur sa poitrine. Le métal froid à même la peau, sensuel en diable, lui donna des frissons. Dire oui à Javier revenait à signer pour d'autres contacts rapprochés, c'était évident. D'autres caresses. Du désir, encore du désir… Comblé à la demande.

Relevant les yeux de sa gorge, il effleura ses lèvres du pouce. Violet frémit.

— La dernière fois que je t'ai prise ici, tu lui appartenais.

Violet secoua la tête.

— Je ne lui ai jamais appartenu.

Une lueur de triomphe passa dans son regard.

— La tradition des mariages royaux s'est un peu perdue à Monte Blanco, dit-il d'une voix enrouée. As-tu lu d'autres ouvrages présents sur ces étagères ?

— Quelques-uns.

— Celui sur les coutumes nuptiales ?

— Non.

— Alors je t'explique. Les membres de la famille royale ne s'appartiennent plus, ils sont au service de Monte Blanco. De même, la jeune épousée fait don de sa personne.

— Et si c'est un homme qui entre dans la famille ?

— Les femmes ne montent pas sur le trône dans ce pays.

— Voilà qui ne semble guère équitable…

— Pour avoir vu combien le pouvoir pesait sur les épaules de mon frère, je dirais plutôt que c'est une bénédiction.

— Cela reste un préjugé sexiste. Tu pourrais militer pour un changement, une fois que nous serons mariés.

Javier ne parut pas s'offusquer de sa proposition. Violet en sourit presque.

— Je disais donc, reprit-il, épouser un membre de la famille royale revient à abdiquer ses droits sur sa propre personne. Il existe néanmoins, entre mari et femme, un lien considéré comme sacré, presque surnaturel…

Tout en parlant, il glissa la main dans son dos. Le temps pour elle d'aspirer une bouffée d'air, il avait abaissé d'un geste fluide la fermeture Éclair de sa robe, qui glissa sur son corps et alla s'échouer sur le carrelage en une flaque de soie. Elle n'avait plus sur elle que ses escarpins, sa culotte et sa parure étincelante. Ses mamelons saillirent au contact de l'air frais…

— Ils se vouent à l'intérêt général de la nation, mais entre les murs de la chambre à coucher, ils se consacrent l'un à l'autre. Ils s'appartiennent l'un l'autre, exclusivement. C'est une possession, *querida*, pas un partenariat comme dans ton monde moderne.

— Mais une possession mutuelle, souligna Violet.

Javier hocha la tête tout en s'éloignant vers le sofa.

D'un énième coffret, il tira deux épais bracelets d'or et de rubis, qui complétaient manifestement la bague et le collier. Puis il revint vers elle qui retenait son souffle, la tête vide.

Il referma le premier bracelet autour de son poignet droit, bien serré. Violet en sentit le poids, qui allait bien au-delà de celui des matériaux dont il était fait. C'était presque… une menotte.

Il fit de même ensuite avec le second, à l'autre poignet.

— Quoi d'autre ? chuchota-t-elle en le voyant retourner vers le sofa.

Dans sa main tendue, deux bracelets très semblables aux précédents, mais plus larges, et visiblement lourds.

— Sais-tu de quoi il s'agit ? demanda Javier.

— Non, dit Violet dans un murmure.

— Ceux-ci sont très anciens. Ils sont dans ma famille depuis des centaines d'années.

— Oh.

— Inutilisés depuis plusieurs générations. Très symboliques… Et jamais portés en public.

— Mais où donc…

Un regard entendu la fit taire.

— Ils parlent de cet instinct de possession que je ressens.

— Oh ! répéta Violet, le cœur voletant dans sa poitrine comme un oiseau piégé derrière les barreaux d'une cage.

— Tu permets ?

Elle n'envisagea pas une seconde de protester.

Javier s'agenouilla devant elle. Délicatement, il lui retira ses escarpins. Puis il leva les mains, saisit l'élastique de sa culotte. Violet ferma les yeux, chavirée. Quelle situation incongrue, excitante et perturbante à la fois. Être ainsi, nue, debout devant lui, alors qu'il était à genoux… Une pulsation brûlante naissait au creux de son ventre.

La curiosité fut la plus forte. Ses yeux se rouvrirent sur

la silhouette qui semblait se prosterner à ses pieds dans une posture de soumission. La suite prouva qu'il n'en était rien.

Un cliquetis métallique, puis un autre.

Ses deux chevilles étaient maintenant prisonnières de ces bracelets très particuliers.

Du coin de l'œil, Violet capta un éclat doré dans le coffret resté entrouvert et tressaillit. Des chaînes. Des chaînes d'or.

Javier en préleva une et se mit en devoir de la fixer entre les bracelets à ses chevilles. Cela fait, il se releva et, tout en la regardant droit dans les yeux, il fit glisser entre ses doigts une seconde chaîne avant de répéter la même opération, entre les bracelets qui lui enserraient les poignets cette fois.

Violet battit des cils et inspira dans un effort pour garder les idées claires.

— Je ne comprends pas… Ces chaînes sont bien trop fines pour retenir quiconque…

— Elles ne sont pas conçues pour des prisonniers. Enfin, pas tout à fait. Cette captivité est un choix, dit-il, l'index crocheté autour de la chaîne reliant ses poignets.

Il tira doucement. Sous la pression, Violet fit un pas vers lui.

— Un choix, répéta-t-il.

La lumière se fit d'un coup.

Fuir, rester, Javier la laissait décider. La balle était dans son camp.

Or son choix était déjà fait. Elle dirait oui à Javier.

Sans bouger, elle releva la tête en un geste clair attestant de son consentement. Il resserra alors sa prise sur la chaîne, l'amenant plus près encore, et captura ses lèvres.

L'or était fin et délicat, un métal très doux. Rien de plus facile que de s'en libérer, si l'envie lui en prenait… Mais tout au contraire, elle se soumit à son baiser, à sa langue dure, brûlante, merveilleuse. Possessive…

Il la relâcha soudain et entreprit de déboutonner sa chemise, révélant les muscles ciselés qui avaient le don d'étourdir Violet. En même temps, un sentiment de puissance extraordinaire l'habitait. Pour amener un homme comme lui jusqu'au plaisir, pour le convaincre de trahir tout ce qui faisait son identité, n'était-elle pas au moins aussi forte que lui, à plus d'un titre ?

La chemise envolée, il se saisit de nouveau de la chaîne et la tira vers le bas.

— À genoux devant le prince, ordonna-t-il à voix basse.

Docile, Violet s'assit sur ses talons. Les bracelets mordirent la peau de ses chevilles tandis que la chaîne reliant ses poignets reposait sur ses cuisses.

Pendant ce temps, Javier retira sa ceinture. Elle le regarda, subjuguée, faire glisser le cuir sur sa paume avant de dégrafer le pantalon, révélant sa virilité triomphante. Un sexe dur et chaud, dressé juste pour elle.

Un choix, se répéta-t-elle. C'était un choix qu'elle avait fait. Une soumission consentie. En s'inclinant pour lier ces entraves à ses chevilles, il avait donné toutes les apparences de se soumettre, alors qu'il avait le pouvoir. C'était la même chose pour elle.

Elle enroula les doigts autour du sexe de son amant et se mit à le caresser doucement.

C'était si étrange pour elle qui n'avait jamais perdu la tête pour quiconque jusque-là. Tout en lui l'émoustillait. Il était beau. Chaque parcelle de ce corps masculin était belle… Se hissant sur les genoux, elle se grandit pour le prendre en bouche. Il étouffa un gémissement et se cambra, pour la plus grande volupté de Violet.

Voilà le vrai pouvoir, songea-t-elle, transportée. La soumission mutuelle. L'appartenance qu'il avait évoquée. Elle entravée, à genoux, mais avec la partie la plus vulnérable du corps de cet homme à sa disposition, offerte à son bon plaisir. Javier était à sa merci.

Un vertige la saisit devant la magie de ce moment, plus puissante encore que la toute première fois. Son corps à elle savait à qui il appartenait. Et tout, dans l'abandon de Javier, attestait qu'il lui appartenait.

Elle continua de lui donner du plaisir jusqu'à ce qu'il se mette à trembler. Il enfouit les doigts dans ses cheveux et l'écarta en douceur.

— Viens, gronda-t-il en se penchant pour la soulever du sol.

Après l'avoir déposée au bord du sofa, il s'appropria sa bouche avec férocité et saisit une de ses cuisses, puis l'autre pour les placer sur ses épaules, glissant la chaîne par-dessus sa tête jusque sur sa nuque. Ainsi calé entre ses jambes, il s'inclina et festoya sur son sexe du plat de la langue jusqu'à ce qu'elle vibre et crie et supplie pour que vienne la libération… C'était si bon de se donner toute, avec le sentiment de lui appartenir et en même temps d'être en totale sécurité.

Et puis, soudain… La foudre. Elle fut perdue. Son corps plongea dans le plaisir, dans un grand éblouissement de tous les sens. Et lorsqu'il s'invita en elle, elle accueillit ses coups de reins puissants dans un contentement infini, l'angle formé par ses jambes levées ouvrant à son amant des profondeurs inédites qui lui ôtèrent le peu de souffle qui lui restait.

Elle s'arrima aux épaules de Javier, les ongles fichés dans sa chair, comme une vague nouvelle la soulevait. C'était impensable, et pourtant…

Jouir ensemble. Une bourrasque. Un ouragan dont elle ne chercha même pas à s'abriter. Au contraire, elle ouvrit grand les bras pour s'offrir au déluge. Qu'il l'emporte. Qu'il la consume !

Lorsque le calme revint, ils étaient encore ensemble.

Rouvrant les yeux, Violet constata que Javier était lui aussi pris dans les chaînes d'or. Attaché à elle comme elle était attachée à lui.

Ici, dans la bibliothèque, rien ne bougeait. Ni l'un ni

l'autre n'essaya de s'échapper. Leurs regards se croisèrent. Il avait eu beau invoquer un mariage imposé par son frère, elle avait eu beau, de son côté, se prétendre incapable de se vouer à son pays… Ils s'étaient choisis.

Ils s'étaient choisis, mais hélas pour des raisons différentes, songea Violet avec une pointe d'amertume en fixant les yeux noirs impénétrables de Javier.

Elle était tombée amoureuse. Pas lui.

11.

Il ne partagea pas son lit cette nuit-là.

Violet en fut blessée. Elle avait réellement espéré… avoir quelque peu ébranlé son sang-froid. D'autant que lui l'avait transformée en une femme qu'elle ne reconnaissait pas.

Elle avait accepté de rester. Elle avait accepté d'épouser un homme qu'elle connaissait à peine…

À peine, vraiment ?

N'avait-elle pas sondé les profondeurs de son âme ? Elle l'aimait. Il s'était approprié une si grande partie de son être en un temps record, c'était terrifiant.

Elle savait aussi, avec une certitude aussi vive, que cet amour n'était pas réciproque.

Était-il seulement capable de l'aimer en retour ? Pas si sûr.

Cela ne changeait rien à ses sentiments. Peut-être parviendrait-elle à changer les siens. Du moins, elle l'espérait.

Mais d'abord elle devait mettre de l'ordre dans sa propre vie. Elle inspira à fond et baissa les yeux sur son téléphone.

Le moment était venu de parler à son père. Voilà des semaines qu'elle esquivait la confrontation.

Ses proches l'avaient appelée, bien sûr, dès l'annonce de ses fiançailles avec Javier. Maxim s'était montré assez méfiant, elle avait rapidement balayé ses objections. Quant à Minerva, fidèle à elle-même, elle avait fait preuve d'un romantisme un peu excessif… Que Violet n'était pas loin de partager. Le soutien de sa sœur lui était acquis, mais quoi de plus normal après le soutien inconditionnel qu'elle avait offert à Minerva pendant ses démêlés avec Dante.

Ses parents, en revanche… Elle n'avait pas pris leurs appels.

Aujourd'hui, fini les dérobades. Elle était prête à discuter avec son père et surtout à entendre ses réponses, quelles qu'elles soient. Cette nuit, une énergie nouvelle s'était levée en elle. Une détermination. Elle ne cherchait plus à nier l'évidence. Épouser Javier était son choix. Rester à Monte Blanco aussi.

Sans plus réfléchir, elle fouilla parmi ses contacts et lança l'appel.

— Violet…

Entendre la voix bourrue de Robert King fut un réel soulagement. Son père lui avait manqué, même durant la période où elle était furieuse contre lui.

Ou plutôt, l'affection qu'elle lui portait naguère lui manquait.

— Est-ce que tu vas bien ?

— Tu t'en soucies avec un léger temps de retard…

— Je ne pouvais pas deviner qu'on t'empêcherait de communiquer avec moi.

— Ce n'était pas le cas. J'avais toute liberté d'appeler qui je voulais.

— Tu n'es pas rentrée en Californie. Tu as cessé de travailler en ayant laissé des instructions minimales à ton équipe, selon mes informations. Cela ne te ressemble pas.

— Eh bien, il va falloir me pardonner. C'est la première fois que je me fais enlever. C'est aussi la première fois que je me retrouve avec deux fiancés différents en l'espace de quelques semaines. Des étrangers, par-dessus le marché.

— Je voulais justement en discuter avec toi.

— Oh ?

— Ce ne devait pas être une surprise, mais… Je n'ai

jamais trouvé le courage de te parler de ce marché que j'avais conclu.

— Je ne vois vraiment pas pourquoi. Tu craignais vraiment que je m'insurge d'avoir été vendue comme une génisse primée ?

— Je voulais surtout te présenter la chose de la façon la plus juste pour que tu voies les avantages. Être une femme d'affaires c'est bien, Violet, mais une princesse… Une reine !

— Eh bien, je ne deviendrai pas reine dans l'immédiat. J'ai été adjugée au remplaçant, plutôt qu'à l'héritier.

— Que s'est-il passé ?

— Sincèrement, cela t'intéresse ?

— Il aurait mieux valu pour toi que tu épouses Matteo…

— Non, répliqua Violet. Je n'éprouve rien pour lui.

— Si je comprends bien, tu as des sentiments pour… l'autre ?

— Pourquoi t'en soucier ? Tu l'as laissé m'enlever et me retenir prisonnière sans me donner la moindre explication… Je croyais avoir plus de valeur à tes yeux qu'une simple carte à jouer dans tes pokers entre hommes d'affaires, papa. Tu n'aurais jamais fait ça à Maxim.

— Ma foi, ni l'un ni l'autre n'aurait accepté d'épouser Maxim…

— Et Minerva ?

— Je savais que Minerva ne ferait pas une bonne princesse. Toi, en revanche…

— Moi, depuis, j'ai créé mon entreprise et bâti ma propre fortune. Tu ignorais ces développements au moment de promettre ta fille à Matteo, je n'avais que seize ans à l'époque. Et ces dix dernières années tu n'as pas eu le cran de m'en parler une seule fois !

— Cela n'affectera pas la gestion de ta société. Tu seras sûrement contrainte de déléguer les affaires courantes, mais tu es avant tout une tête d'affiche, de toute façon.

— C'est faux. La plupart des idées de nouveaux produits

viennent de moi. Je suis responsable de leur réalisation. Je ne suis pas un pantin ! Mais c'est ce que tu penses de moi, n'est-ce pas ? dit Violet, le cœur serré. Tu t'imagines que tous mes succès découlent de mon nom de famille…

Évidemment. Son père pensait sincèrement lui avoir rendu service, persuadé qu'elle n'accomplirait rien par elle-même puisqu'elle en était incapable.

Il n'en avait même pas conscience. À ses yeux ce n'était pas un manque d'amour envers sa fille.

Mais peut-être avait-il raison, en un sens. Depuis toujours, il ne portait pas le même regard sur les femmes et sur les hommes. Un trait de caractère profondément ancré chez lui.

— Tu as fait le choix juste en arrachant Dante aux bas-fonds de Rome, ajouta-t-elle. Tu le trouvais intelligent, tu l'as envoyé à l'école. S'il avait été une fille, aurais-tu essayé d'arranger un mariage pour lui ?

— Je sais ce que tu penses, répliqua son père. Tu penses que je ne te trouve pas intelligente. Alors que c'est tout le contraire, Violet. Tu es brillante. Et tu as un don avec les gens. Les femmes ont un pouvoir différent en ce bas monde. Je ne vois pas en quoi c'est leur faire injure que de leur reconnaître une spécificité. Je ne vois pas non plus où est le mal, lorsque je te permets d'user de ce pouvoir dans les meilleures conditions. Tu peux toujours t'échiner contre la concurrence masculine dans le monde des affaires, tu partiras toujours avec un handicap.

— Que ce soit clair, dit Violet, aujourd'hui c'est un choix que je fais. Ce n'est pas pour toi. Ton point de vue est vieux jeu et surtout moralement indéfendable. Le fait que tu me considères comme une incapable est une des épreuves les plus douloureuses que j'aie eues à surmonter !

— Je te protège, Violet. Quoi qu'il arrive à ton entreprise, tu seras toujours princesse, une fois mariée à… ?

— Javier. Encore une fois, sache que je choisis de

l'épouser parce que je tiens à lui. Je ne crains pas de tout perdre, papa, contrairement à toi.

— C'est parce que tu ne sais pas ce que c'est de se retrouver sans rien, répliqua son père. Moi, si ! Je manquais de tout à mes débuts. Mon empire, je l'ai construit de zéro. Tu as ensuite construit le tien à partir du mien. Il t'est facile maintenant de dire que tu n'as pas peur…

— Peut-être. J'ai toujours eu conscience d'avoir pris appui sur toi, tu sais. On pourrait dire aussi, sans doute, que mon mariage ici est le fruit d'une graine que tu as semée, mais c'est moi qui choisis aujourd'hui d'en tirer tous les fruits possibles.

— Je sais que tu m'en veux, Violet, mais manifestement tout se passe au mieux.

Violet songea à la nuit précédente. À la passion qui avait jailli entre elle et Javier. Aux sentiments qu'elle éprouvait pour lui.

Tout cela était réel. Vital. Cela touchait son âme plus que tout ce qu'elle avait pu connaître jusque-là. Mais ce n'était pas facile, non, cela ne le serait jamais. Car Javier n'était pas simple. Son passé avait laissé des cicatrices. Il était voué à lutter contre ses sentiments, mais leur lien était si puissant qu'elle devait y croire…

Elle n'était sûre de rien, mais cet engagement lui inspirait confiance. Restait à espérer qu'un jour il grandisse et devienne davantage.

— Si tout se passe au mieux, ce n'est pas grâce à toi, papa. Tu ne peux pas t'attribuer le mérite des sentiments que j'éprouve. Et crois-moi, ma relation avec Javier, c'est moi qui l'ai construite.

Elle raccrocha sans attendre la réaction de son père.

Il était urgent de se ressaisir. Ce soir se tiendrait un dîner avec des dignitaires étrangers. Javier lui avait expliqué qu'elle allait devoir se charger de l'essentiel du travail, compte tenu de ses maigres compétences en relations publiques.

Il avait besoin qu'elle le complète. Elle s'exécuterait donc - par choix.

Si elle passait devant pour lui montrer le chemin pas à pas, avec amour, peut-être serait-il capable de l'aimer en retour.

Un dîner impromptu avec des dignitaires étrangers, ce n'était pas tout à fait l'idée que se faisait Javier d'une soirée amusante. Si cela n'avait tenu qu'à lui, il aurait immédiatement quitté la salle à manger d'apparat pour retourner au lit avec Violet, mais ce soir ses désirs passaient hélas au second plan.

Violet rayonnait d'élégance et de beauté. À sa demande, une employée du palais était allée dénicher dans une boutique de la capitale une robe couleur or toute simple, vaporeuse et diaphane, qui épousait voluptueusement ses courbes sans perdre en sobriété. Elle avait lissé et dompté ses longs cheveux en un chignon bas et choisi, pour la première fois depuis son arrivée au palais, un maquillage sophistiqué, proche de celui qu'elle affichait le jour de leur rencontre en Californie.

Javier se surprit à apprécier cette version de Violet en songeant qu'elle n'était que son profil public et que la créature si douce au visage pur, aux lèvres roses plus que comestibles et aux cheveux lâchés lui était exclusivement réservée.

Pour l'heure, elle était lancée dans une discussion animée avec une Nigériane. Les mains s'agitaient de part et d'autre. Violet se passionnait pour ses œuvres caritatives et la libération des femmes en général. Sans doute était-ce le sujet de leur conversation.

— Elle ne manque pas d'allure, déclara son frère en s'approchant.

— Oui, en effet.

Il se fit la réflexion, et ce n'était pas la première fois, que Violet était taillée pour le statut de reine plutôt que de princesse.

— Viens, dit Matteo. Allons discuter un moment dans un coin tranquille.

— Vas-tu me faire arrêter et exécuter ? demanda Javier en le suivant sur la terrasse qui surplombait les jardins.

— Si telle avait été mon intention, j'aurais fait davantage de battage.

— C'est bon à savoir.

— Je voulais te remercier d'avoir accepté ce mariage.

— Inutile de me remercier…

— Il est évident que tu as des sentiments pour elle.

Javier serra les dents.

— Elle est très belle.

— En effet. Mais beaucoup de femmes le sont. Sans toi, poursuivit Matteo, je n'aurais jamais pu réussir. Pendant toutes ces années où nous nous attachions à soulager le pays meurtri par les agissements de notre père… Tu t'es montré d'une loyauté irréprochable. Jusque dans ce dernier projet.

Loyal, lui ? Un renard tapi près du poulailler, guettant son heure, à l'affût du moment où sa proie serait isolée, vulnérable, belle, si belle… Et offerte à son appétit.

Il ne lui avait pas fallu grand-chose pour oublier son honneur et prouver qu'il avait l'âme corrompue. Qu'il était incapable de faire le bien s'il se laissait guider par son cœur.

— Vraiment ? répliqua-t-il avec un petit rire sans joie. J'ai couché avec ta fiancée, tout de même.

— Peu importe qui de nous deux épouse Violet, l'essentiel est que ce mariage ait lieu. Je te l'ai dit, et c'était sincère.

— Je ne le savais pas, sur le moment.

— Ce que je voulais te dire ce soir, c'est que tu ne dois pas penser que cette histoire a corrodé notre lien. Ta future femme ne m'intéresse pas.

— J'avais cette impression, en effet.

— Ne va surtout pas t'imaginer le contraire. Cela risquerait de nous dresser l'un contre l'autre. Je vois bien qu'elle te… déconcentre.

— Ah ! Nous voilà enfin au cœur du sujet. Serais-tu inquiet de me voir trop distrait ?

— Un peu. N'oublie pas que nous avons une mission en cours. Un objectif précis.

— J'en suis très conscient. Entre nous, pour servir cet objectif, Violet King aurait sans doute été une meilleure reine que n'importe quelle autre femme que tu pourrais élire à l'avenir.

— Elle sera parfaite dans le rôle de ton épouse. De mon côté… Je vais continuer à chercher.

— Tu ne seras jamais lui, dit Javier en levant les yeux vers le profil de son frère. N'en doute jamais.

— J'en doute souvent, au contraire. Mais notre devoir n'est-il pas de nous remettre en question en permanence ? Je me demande parfois comment je peux me fier à mes convictions présentes quelles qu'elles soient, sachant que longtemps j'ai cru sincèrement en notre père. J'étais convaincu qu'il avait à cœur de servir les intérêts nationaux, il était un héros à mes yeux, et la suite a montré qu'il n'était que le méchant de l'histoire…

Javier ne commenta pas. Matteo venait de se faire en quelque sorte le porte-voix de ses propres démons. Comment en effet, après un fourvoiement aussi douloureux, avoir foi aujourd'hui en ce que l'on croit juste ?

— Il faut garder l'essentiel à l'esprit, reprit son frère. L'honneur avant toute chose ! La tête sait ce qui est juste. Le cœur ment.

Javier hocha la tête.

— Je suis tout à fait d'accord avec toi, tu le sais.

En se retournant, il repéra de l'autre côté des baies vitrées Violet qui discutait et riait au milieu d'un petit groupe.

— Le fait que je n'éprouve aucun sentiment facilite les choses, ajouta-t-il en décochant à son frère un sourire forcé.

— Bien ! Parfait.

Là-dessus, Matteo retourna auprès de ses invités, laissant Javier seul sur la terrasse, les yeux sur la salle.

À dessein ou non, son frère venait de lui rappeler ce qui comptait vraiment. Le bien de la nation. Et non la fièvre qui le portait vers Violet.

Il avait sa propre dette envers son pays. Sous les ordres de son père il avait monté l'armée contre le peuple, arraché des innocents à leurs familles pour les jeter en prison où ils avaient subi la torture, il le savait. Il avait été le bras armé de la mauvaise personne, au nom d'une vision du monde erronée.

Il était dangereux et ne pouvait se permettre de l'oublier.

Il pouvait seulement se racheter une conduite. Et rien, absolument rien ne devait le distraire de cette mission. Pas même sa fiancée.

— Quelqu'un d'autre peut m'accompagner…

— Pas question, dit Javier.

Sur la route qui menait vers la capitale, Violet commençait à s'agacer de la mine sombre de son chauffeur. Javier était déjà passablement décoiffé, sûrement parce qu'ils s'étaient mis à s'embrasser dans son bureau tout à l'heure jusqu'au moment où, à califourchon sur ses genoux, elle s'était brusquement remémoré son rendez-vous pour l'essayage de la robe de mariée.

— Tu n'es pas autorisé à voir la robe que j'ai choisie, de toute façon.

— Peu importe. J'attendrai dehors.

Elle posa la main sur la cuisse de Javier et par pure espièglerie la laissa dériver sur une partie de son corps encore plus ferme.

— Serais-tu par hasard frustré que nous n'ayons pu aller jusqu'au bout ?

— J'aurais évidemment préféré poursuivre l'exercice, répliqua-t-il d'un ton si exaspéré qu'elle ne put s'empêcher de rire.

— Tant que cela n'influe pas sur ta conduite…, murmura-t-elle en le caressant doucement.

— Eh bien si, figure-toi.

Elle l'affectait à ce point… Cet aveu lui procura un plaisir inattendu qui allégea le reste du trajet jusqu'à la ville.

Il était important à ses yeux de trouver une robe dans une boutique locale. Cela faisait partie d'un projet sur lequel elle travaillait avec l'assistante du roi Matteo.

Livia était une adorable jeune femme aux grands yeux sérieux, dotée d'un humour étonnamment caustique. C'était aussi une organisatrice hors pair, que Matteo traitait avec un manque d'égards regrettable, de son point de vue. Ensemble, elles avaient commencé à pointer quelques pistes pour accroître la visibilité de ce pays, en lien avec son mariage avec Javier, la première d'entre elles étant de se fournir exclusivement à Monte Blanco pour la préparation de la noce.

Une fois garé non loin de la boutique, Javier sortit de la voiture et se prépara à l'attendre, nonchalamment adossé à la portière. Frappée par son allure, Violet s'éloigna de quelques pas et dégaina son portable.

— Je vais te mettre sur Internet, annonça-t-elle.

Javier se rembrunit un peu plus mais ne commenta pas.

Violet l'immortalisa bras croisés sur son large torse, offrant un contraste saisissant avec les lignes pures de la berline noire sur fond de vieux bâtiments en pierre et de pittoresques rues pavées.

Magnifique.

— Merci ! lança-t-elle en souriant avant d'entrer dans la boutique.

On s'empressa aussitôt autour d'elle. Une coupe de champagne lui fut offerte, puis on lui présenta plusieurs modèles absolument ravissants. Le choix s'annonçait difficile. Pour finir elle opta pour un modèle simple, avec des mancherons en soie légère et un jupon qui flottait autour de ses jambes à la marche.

Elle prit en photo un détail de la robe sur cintre et nota les coordonnées précises de la boutique en vue de recommandations ultérieures. Car une fois la fête achevée, toutes les futures mariées de la jet-set auraient envie de porter une robe signée du même créateur.

Lorsqu'elle émergea dans la rue, Javier, impavide, avait conservé sa pose de statue de charme.

— Voilà ! chantonna Violet. À présent, tu ne me quittes plus.

Ils sillonnèrent la ville en quête d'articles pour les besoins de la noce, créant un attroupement partout où ils se rendaient. Les passants n'en revenaient pas de voir Javier arpenter les rues comme un citoyen ordinaire.

— Ils t'adorent, lui fit-elle remarquer en entrant chez un fleuriste.

Javier s'approcha d'un étalage mêlant gypsophiles, jacinthes et autres fleurs tout aussi douces, dans les tons pastel.

— Ils ont tort.

— Pourquoi ?

— On ne devrait jamais adorer une personne dotée de pouvoir. Seulement exiger du respect de sa part.

— Tu as des opinions très tranchées, commenta Violet en effleurant les gypsophiles.

— J'y suis contraint.

Elle le prit subrepticement en photo alors qu'il caressait machinalement les boutons d'une jacinthe, charmée par la main virile posée sur cette figure de féminité pure.

Cette vision avait quelque chose d'érotique. Une soirée

torride avec Javier lui revint subitement en mémoire. Au même instant il leva les yeux et accrocha les siens, comme s'il revivait le même souvenir.

— La frustration est bien là, de n'avoir pu terminer ce que nous avions commencé tout à l'heure, murmura-t-il.

— Sentiment partagé, dit Violet. Mais nous sommes en train de faire notre devoir, et n'est-ce pas l'unique but de ce mariage ?

Un ange passa.

— Exact, soupira Javier en se détournant des jacinthes.

Leur commande passée, ils ressortirent sur le trottoir. Un peu plus loin, Violet s'arrêta devant le glacier.

— Si nous proposions des glaces à nos invités le jour de la noce ? suggéra Violet d'un ton léger.

Elle avait tellement envie de retrouver le courant qui crépitait entre eux naguère, alors que tout leur était interdit.

— Personnellement je n'en prendrai pas.

— Mais…

— Si tu tiens à en commander tout de même, tu peux sûrement te débrouiller seule.

Violet sentit le cœur lui manquer.

L'anecdote avait valeur de symbole.

Elle pouvait aussi l'aimer seule. Comme elle le faisait déjà, dans la douleur, sans savoir si elle serait un jour capable de combler le fossé qui les séparait.

— Bien sûr, je… je vais m'en occuper.

Aussitôt dit, aussitôt fait.

Elle en profita même pour s'offrir un cône, ignorant la souffrance qui ne la quitta plus de la journée tandis qu'ils terminaient leurs courses.

À leur retour au palais, Javier ne fit pas mine de reprendre la scène du bureau interrompue.

Violet s'efforça envers et contre tout de ne pas douter du bien-fondé de son choix. Il lui fallait s'accrocher au conte. À la fin, la Bête était transfigurée par l'amour.

12.

Le jour de la noce, l'aube se leva dans un ciel clair, sans un nuage à l'horizon. Violet s'exhorta à l'optimisme.

Les derniers jours avaient été compliqués. Javier s'était montré d'humeur imprévisible, tantôt à l'écoute, tantôt absent.

Ils n'avaient plus refait l'amour depuis le soir où il lui avait donné la parure de bijoux. Ni même partagé de moments d'intimité depuis leur petit jeu interrompu dans le bureau.

La distance qui s'était creusée entre eux la fragilisait. Elle lui égratignait le cœur à chaque battement. Si cette situation devait durer toujours, comment la supporterait-elle ?

Dans son esprit, le mariage avec Javier c'était la promesse d'autres nuits ébouriffantes comme celles qu'ils avaient déjà partagées, placées sous le signe de la passion et non du devoir. Mais si la vie devait ressembler à cela…

Y survivrait-elle seulement ?

Elle s'était acheté une belle robe pour être la mariée la plus convenable possible. Que faire d'autre ?

Jouer sur les accessoires, peut-être.

À défaut de pouvoir s'afficher avec les bracelets liés de la même manière que ce fameux soir, elle en glissa deux à son poignet et enroula habilement autour la chaîne en or, de manière à donner à l'ensemble l'allure d'un bijou audacieux plutôt que d'une déclaration de soumission.

Le petit soleil du jour, c'était la présence de sa famille, qui faciliterait les choses.

Minerva, élevée au rang d'unique demoiselle d'honneur,

rayonnait avec son petit ventre rond mis en valeur sous une ravissante robe vert émeraude. Elle s'était lancée avec bonheur dans la parentalité avec Dante. Le hasard les avait réunis au départ autour d'un premier bébé, adopté peu après leur mariage. Ils en avaient conçu un second dans la foulée… Et le troisième avait à peine attendu un an.

— Tu es magnifique, lui dit sa sœur avec un grand sourire.

— Toi aussi !

L'amour seyait à sa cadette. Violet n'aurait jamais fait la paire avec Dante, l'ami de son frère, une nature intense et ténébreuse. Il aurait pu éteindre la personnalité solaire de Minerva, mais celle-ci affichait au contraire une sérénité enviable tandis que l'ombre quittait peu à peu Dante.

L'intensité, elle, était toujours vivace, dans la vigilance avec laquelle il tenait ses enfants ou dans sa façon de regarder Minerva comme s'il se tenait prêt à décimer une armée entière pour la protéger. Dante dégageait une séduction indéniable…

Elle était bien placée pour la repérer, elle qui était tombée amoureuse d'une bête aussi sauvage qu'impénétrable…

— Tu es heureuse de l'épouser, sincèrement ? demanda Minerva.

— Oui. C'est compliqué, mais je pense que tu comprends le charme.

— Oh ! Oui, dit Minerva en riant.

— Dis-moi… Comment as-tu fait pour aimer Dante en sachant qu'il ne t'aimerait peut-être jamais ?

Une ombre passa sur le visage de sa sœur.

— Je me suis demandé si je serais plus heureuse sans lui. La réponse était non. C'était inenvisageable. Les semaines vécues loin de lui ont été un cauchemar. Alors que je l'aimais follement, j'ai dû attendre qu'il prenne conscience de ce qu'il ressentait pour moi. Il était incapable de reconnaître d'emblée l'amour parce que… Parce qu'il ignorait en fait à quoi cela ressemblait. Et surtout il en avait une peur bleue. Comment lui en vouloir, après toutes les épreuves qu'il avait traversées ?

— Comme Javier, murmura Violet. Il est si farouche. C'est un vrai guerrier, mais il se croit du côté des méchants… Il croit aussi à l'honneur, et cela suffit à faire de lui quelqu'un de bien, même s'il ne semble pas le comprendre. Je pense qu'il redoute d'éprouver des sentiments pour moi.

— Lui as-tu dit tout cela ?

— Non… J'ai peur qu'il me rejette, avoua Violet.

Si inconfortable soit-elle, l'incertitude n'empêchait pas l'espoir, même fragile, même minuscule. En prononçant ces mots, elle risquait en revanche de le perdre. Alors l'espoir s'envolerait à tout jamais.

— Je comprends. Néanmoins, il a peut-être besoin d'entendre ce discours pour reconnaître l'amour en lui.

— Merci, dit Violet en glissant un bras autour des épaules de sa sœur. Je connais peu de personnes qui comprendraient cela.

— Mon amour à moi était des plus difficiles, tu sais. Mais je ne regrette pas de m'être battue pour lui. Parfois les gens qui butent contre un obstacle sérieux préfèrent renoncer. Mais le sentiment que m'inspire Dante est… unique. Personne d'autre que lui n'existe à mes yeux. Il était blessé, il avait besoin qu'on lui laisse le temps de cicatriser, et ça valait la peine, conclut Minerva en souriant, une main sur son ventre arrondi.

Violet lui rendit son sourire, emplie d'une détermination nouvelle. Son amour pour Javier valait la peine, lui aussi. Il était si intense que la question ne se posait même pas.

Cela devrait suffire, à tout prix.

Javier patientait au pied de l'autel dans l'église bondée. Quelques invités étaient issus de l'univers de Violet, beaucoup d'autres du sien quand bien même, après réflexion, il ne connaissait aucune des personnes présentes.

Il était complètement déconnecté du versant social de son travail. Une potiche décorative…

Leur petite équipée en ville avait été intéressante. Violet attirait les autres comme la lumière chaude d'une flamme les papillons de nuit. Jamais il n'avait connu une telle expérience, il lui suffisait de se montrer pour tenir les gens à distance.

Elle, c'était l'inverse. Chacun semblait pressé de l'approcher, la côtoyer. Il comprenait mieux qu'elle ait réussi à se construire un empire à travers les réseaux sociaux, en donnant à tant d'inconnus l'envie de lui ressembler, l'envie de goûter au plaisir d'être elle. Elle captivait son monde…

Et dès ce soir, Violet King serait sienne.

Il serra les poings pour juguler son impatience.

Et si elle renonçait, au dernier moment ?

Le doute l'assaillit une microseconde, aussitôt apaisé par l'apparition de la sœur de Violet, qui remontait l'allée centrale un petit bouquet de fleurs dans les mains.

Il avait fait la connaissance de Minerva le matin même. Réservée, un brin circonspecte, lui avait-il semblé. Son mari, lui, s'était montré presque menaçant. Son frère aussi. Quant aux parents, si la mère avait paru très excitée de se trouver dans un palais royal, le père traînait un air penaud, ce que Javier jugeait mérité.

Un clan de ce type, c'était pour lui une terre inconnue. Étoffé, uni en dépit de dissensions manifestes et plutôt graves - un membre en avait tout de même vendu un autre en mariage. Mais ce qui était fait était fait…

La musique changea tout à coup. Javier reporta toute son attention sur la porte d'entrée.

Violet lui apparut alors, et son souffle s'enraya.

Elle ressemblait à celle qu'elle était pour lui. Juste pour lui. Ses longs cheveux bruns étaient lâchés. Son voile de mariée voltigeait, léger, dans son dos. On aurait juré qu'elle ne portait aucun maquillage. Les lèvres brillantes et douces, les joues accrochant la lumière, elle était resplendissante. Magique. Tellement elle.

Lorsqu'elle vint se placer à son côté et lui saisit la main, il se retint de justesse de l'attirer contre lui. Alors seulement, il remarqua les deux bracelets à son poignet. Unis par la chaîne.

Il croisa son regard. Violet hocha lentement la tête.

Elle choisissait donc de s'offrir à lui. Elle comprenait le lien et la loyauté unissant dans ce pays par tradition un membre de la famille royale et son épouse.

Ce qu'il ne savait pas en revanche, c'était où situer dans ce cadre son instinct de possession. Tout comme le devoir et la responsabilité.

Il lui en avait parlé avant tout parce qu'il avait voulu la voir porter cette parure pour lui. La voir vêtue de ces rubis, et rien d'autre. Mais ces bracelets à son poignet ici, dans cette église… Elle avait habilement mêlé le charnel au sacré, si bien qu'ils ne faisaient plus qu'un. Et brusquement il ne comprenait pas comment il pourrait honorer ce lien à l'avenir.

Car à mesure que la voix grave et douce de Violet prononçait les vœux, Javier les sentit se graver dans sa chair et jusque dans son âme. Et les siens, lorsqu'il les formula en retour, s'enroulèrent autour d'eux à l'image de cette chaîne en or à son poignet, les unissant d'une façon qu'il n'avait pas anticipée.

Il avait cru maîtriser le sens de sa démarche. Du jour où il avait découvert la perfidie de son père et compris que les ordres auxquels il s'était plié des années durant, loin de protéger son peuple ou d'améliorer son sort, servaient un plan caché, il s'était juré de défendre certains principes et de se laisser guider exclusivement par les lois de l'honneur. Jamais par son cœur.

Et voilà qu'il se vouait à une autre personne, et non à un idéal.

Lorsque vint le moment du baiser des mariés, tout son sang-froid ne fut pas de trop pour l'empêcher de dévorer Violet devant toute l'assemblée. Il posa la main en coupe sur sa joue et l'embrassa lentement mais fermement, manière de lui faire savoir que c'était une promesse de bien davantage, à honorer plus tard. Il avait les mains liées depuis des semaines, mais aujourd'hui les vœux avaient été prononcés, le cap fixé. Ils ne pourraient plus revenir en arrière désormais, quoi qu'il advienne.

C'est ton choix.

Javier ferma les yeux.

Il avait été facile de prétendre avoir fait cela pour Matteo, ou pour expier le péché de l'avoir enlevée de force, mais la vérité était ailleurs. Son égoïsme l'avait empêché de se détourner d'elle. L'idée de la donner à un autre lui avait paru irréalisable. Presque sacrilège. Pour peu que son frère ait insisté pour l'épouser… Il l'aurait trahi. Il aurait abandonné son poste, lâché tout ce qu'ils avaient construit, pour emmener Violet loin de ce pays.

Cette évidence rugissait dans sa tête comme le monstre qu'il était. Il ne pouvait rien y faire pour le moment, cependant. Violet était sienne, alors cela n'avait pas d'importance.

Chassant ces pensées parasites, il l'embrassa encore et encore, sous les applaudissements des invités. La cérémonie des présentations suivit. À ce stade, Javier n'entendait plus que le bourdonnement de son sang dans ses veines, une exigence brûlante comme lave en fusion.

Il endurerait la réception aussi longtemps que le devoir l'exigerait. Il ferait mine de se préoccuper des fleurs, des glaces et de toutes sortes de choses qui n'étaient que des succédanés de ce dont il avait vraiment envie depuis le début. Il se moquait de caresser les pétales d'une fleur violette douce comme la nuit. Il avait envie de Violet, de sa peau sous ses doigts. Lécher un cône glacé ne l'intéressait pas. Ce qu'il voulait, c'était la lécher, elle. Il jouerait le jeu si nécessaire, mais ce n'était rien de plus pour lui. Un jeu, jusqu'au moment où il pourrait enfin la posséder. Rien d'autre ne comptait.

Elle discutait avec sa famille. Impossible de l'arracher à ce cercle. Il sentait une certaine réserve dans ses échanges avec son père. Se pourrait-il qu'elle fasse la paix avec lui ? Il ne voyait pas comment.

Il lui posa franchement la question une fois revenu avec elle dans ses appartements. En dépit du désir qui lui vrillait le corps, il fallait qu'il sache.

— Je ne sais pas si tout redeviendra un jour comme avant, répondit-elle. Mais ce n'était déjà pas facile. Ni parfait. Je perçois toujours ces idées pénibles chez lui…

— Mais tu lui pardonneras.

— Oui. Je me dis parfois… Si une relation apparaît essentielle, on doit être prêt à accepter les défauts de l'autre. Je ne suis pas sûre de pouvoir un jour amener mon père à changer sa vision du monde, mais je peux tout au moins continuer à lui montrer le chemin tout en vivant ma vie. L'en exclure ne refermerait pas la plaie.

— Cela pourrait lui donner une leçon, suggéra Javier.

— À mon avis, il en a déjà appris une en me regardant m'unir à toi.

— Que veux-tu dire par là ?

— Seulement que tu es un peu plus sauvage et effrayant que le prince qu'il imaginait pour moi.

— La Bête…

— Pourquoi, justement ? À présent que nous sommes mari et femme, j'aimerais savoir.

— Quoi donc ?

— Pourquoi tu es devenu la Bête. À cause de ton père, je sais, mais c'est plus profond que ça… Tu as changé le jour où tu as découvert cette petite fille…

— Que crois-tu que je faisais auparavant ? Je veillais à ce que sa volonté soit faite. Je procédais à des arrestations lorsqu'il l'exigeait. Des hommes, des femmes. Sur son ordre, je séparais des familles. Il prétextait une bonne raison, c'étaient des traîtres, l'équilibre du pays était menacé… En réalité, ils combattaient pour la liberté. Pour échapper à l'oppression qui était réelle. Ces innocents étaient jetés en prison, jugés et… j'ai collaboré, Violet. J'ai contribué à appliquer sa conception de l'état de droit, et je le regrette.

— Tu ne savais pas…

— Sans doute, mais, après avoir adhéré avec autant de conviction à un mensonge, on ne peut plus se faire confiance. On se voyait en héros alors qu'on était du côté des méchants… La victime d'une duperie pareille doute à jamais de ses capacités de discernement.

— C'est très courageux de l'admettre. Ta bravoure t'honore. Une chose est certaine, tu ne céderas jamais à la facilité. Tu peux te faire confiance.

Javier secoua la tête.

— Impossible. Je me suis laissé aveugler par l'amour que je portais à mon père, je n'ai pas vu ses crimes.

— J'en ai fait autant avec le mien…

— Ton père n'est pas un dictateur pervers, malgré ses défauts.

— Sans doute, concéda Violet en approchant la paume de sa joue. Mais tu as sauvé cette petite fille, Javier.

Il ferma les yeux, savourant le contact de ses doigts délicats.

— Il y en a tant d'autres que je n'ai pas sauvées. Tant d'autres à qui j'ai moi-même fait du mal en les envoyant dans une prison gérée par mon père, où la torture était de mise, indubitablement. Rien ne peut racheter de tels péchés. Je me suis sali les mains à vie.

— J'en suis désolée, mais je te connais, Javier. Tu n'es pas un monstre.

— Je dois partir de l'hypothèse contraire, dit-il en s'écartant. Pour protéger le monde du mal que je pourrais faire. La vie n'est pas un conte de fées. Ce que j'ai fait ne peut être défait. Je ne peux qu'essayer de bien agir à l'avenir, maintenant que j'y vois clair. Maintenant que j'ai ce pouvoir. Les métamorphoses surnaturelles, ça n'existe que dans la fiction.

Violet s'approcha de lui, cueillit son visage entre ses paumes et, sans lui laisser le temps de réagir, l'embrassa à pleine bouche. Il se laissa entraîner dans le tourbillon du désir par la douceur de ses lèvres, la valse lente et ensorcelante de sa langue. Elle manquait d'expérience, sa belle magicienne, mais non de sortilèges…

Il se sentit tomber complètement sous son charme.

Comment la magie pouvait-elle échouer ici ? À cause de lui. Forcément. Violet, elle, était la magie même. Une créature venue d'un au-delà de la beauté, qui lui dorait le cœur et lui donnait envie de remettre en question une vie entière vouée à l'honneur. Il s'était astreint, sans faillir, à croire en certains principes qui l'aidaient à distinguer le bien et le mal, parce que son propre sang pouvait le mener à la ruine d'autrui et ainsi à l'autodestruction.

Mais lorsqu'il la regardait, sa Violet, sa femme, il savait qu'il pouvait croire en elle. En sa magie. En la délicatesse de ses lèvres douces ou de ses doigts de fée courant sur sa peau. En la façon dont elle déboutonnait sa chemise et s'attaquait à la boucle de sa ceinture. Oui. Il pouvait croire en cela.

Il pouvait tomber à genoux et lui prêter allégeance, à elle et elle seule, sceller sa totale dévotion en se perdant dans son parfum de femme, dans ce désir qui montait entre eux comme une houle, menaçant de détruire tout ce qu'il avait construit, sans qu'il s'en soucie une seconde. Il ne s'était pas inquiété non plus la première fois qu'ils s'étaient embrassés dans la salle de bal, alors qu'elle appartenait à un autre et que sa loyauté, qui aurait dû résister à l'épreuve du temps, s'était désagrégée au contact de la magie fatale de Violet.

Et là, en cet instant, il n'avait pas la force de s'y opposer.

Alors, pourquoi ne pas rendre les armes ? Pourquoi ne pas se perdre en elle, en eux ? Elle était sienne, après tout. Il avait fait d'elle sa femme.

Sa femme !

Javier reprit le contrôle de leur baiser en l'entourant de ses bras pour l'entraîner contre le mur et la dévorer tout son soûl. Prononcer des vœux ne lui avait pas suffi, il avait besoin de les sceller ce soir de son corps. Besoin qu'elle comprenne la façon dont elle le détruisait, dont il était brisé de l'intérieur. Pourquoi ? Mystère. Il ne savait pas davantage pourquoi il s'était rendu dans la bibliothèque le soir où ils s'étaient aimés pour la première fois, pourquoi il s'était plongé dans le conte qu'elle lisait afin d'en discerner le sens… et de se voir à travers les yeux de Violet.

Cela n'aurait pas dû l'intéresser. Elle était alors à son frère, la trahison l'attendait au tournant.

Elle est à toi maintenant.

Oui, elle était à lui. Pour le meilleur et pour le pire, surtout, car il faisait du mal autour de lui, cela semblait être dans sa nature. Un monstre… Mais si ce n'était que cela, si c'était de la lubricité pure, peut-être pouvait-il garder le contrôle.

Il arracha la robe sublime de son corps. Elle était un ange avec, bien trop pure pour lui, c'était presque une douleur de la regarder. Il se brûla les doigts en tirant sur l'étoffe vaporeuse mais, enfin, il ne resta sur elle que des dessous blancs, sages, synonymes d'une pureté dont il se savait indigne. Qu'à cela ne tienne, il l'en dépouilla dans la foulée.

Violet ne portait plus maintenant que ses bijoux, le collier qui jetait des éclats à la base de sa gorge, les bracelets lourds à son poignet, reliés par la chaîne d'or. Et la bague, sa bague, étincelant à son annulaire, claironnant au monde qu'elle lui appartenait.

Il ne l'avait jamais prise dans un lit. Javier n'en avait pas eu conscience jusqu'à ce moment. Ce soir, ils s'aimeraient dans son lit. Leur lit. Après cela, elle n'aurait plus de chambre à elle. Par tradition, chaque membre d'un couple royal garde son espace privé. Ils y dérogeraient. Violet resterait avec lui entre ses draps, nue dans ses bras. Oui, voilà ce qu'il exigerait.

Il la souleva dans ses bras et la déposa au centre du grand matelas. Il se pencha pour étaler ses cheveux autour d'elle comme un halo d'ombre puis se redressa pour contempler sa peau douce et si pâle sur le rouge profond du couvre-lit. Comme elle aspirait vivement une bouffée d'air, ses seins se soulevèrent, les pointes dures comme des perles.

— Somptueux tableau que tu m'offres là, ma princesse, murmura-t-il, posant la main en coupe sur un sein pour en parcourir la ronde plénitude.

Elle était si délicate, si exquise. C'était sidérant qu'une petite chose aussi fragile puisse creuser une brèche aussi profonde dans le socle de son identité. Il approcha les lèvres d'un mamelon rosé pour en aspirer toute la beauté en bouche. Violet se cambra et gémit doucement. Aiguillonné, il lui prodigua mille attentions du bout de la langue et des doigts.

Son épouse. Sa belle, sa parfaite épouse, qui menaçait de détruire tout ce qu'il était.

Comment avait-il pu croire possible de privilégier toujours le pays, le devoir, l'honneur, quand le lit conjugal recelait des entraves invisibles à l'œil nu ? Ces bracelets n'existaient sans doute que pour les rendre plus concrètes et faciliter la tâche à qui choisirait de les rompre.

Les liens présents dans son cœur, en revanche, il ne pouvait ni les voir ni les toucher. Le moyen de s'en défaire ? Le phénomène était surnaturel à un degré dépassant l'entendement, et d'une force tout aussi invraisemblable.

Il n'aurait jamais cru possible qu'un tel lien existe entre deux êtres humains. Il avait pourtant renoncé à tout cela depuis si longtemps, jurant fidélité à Matteo et à Monte Blanco, pas aux élans du cœur. Pas à l'amour.

Ce qu'il avait envie d'offrir à Violet était plus profond, mais il redoutait qu'elle ait raison. Que cette magie soit l'amour depuis toujours, et se révèle pernicieuse et maléfique du jour au lendemain.

Chassant résolument ces pensées lugubres, il se laissa glisser avec Violet sous le velours noir de son désir, traçant un voluptueux parcours de la pointe de la langue le long de son corps, son ventre, ses cuisses, vers l'ultime refuge entre ses jambes où il s'enfouit pour s'étourdir du délice de lui donner du plaisir.

Il n'y avait rien d'autre à faire maintenant que savourer cette ivresse. Accueillir ce moment unique, ici, dans cette chambre. Peut-être était-ce la raison d'être de ces bracelets : créer un espace hors du monde, comme une échappatoire à disposition…

Sauf que les compromis n'étaient pas son affaire. Il savait seulement être tout ou rien. Bras armé de son père ou machine de guerre contre lui. Un homme, vulnérable et insignifiant, ou un monstre.

Il avait néanmoins toute liberté d'être ce monstre avec Violet. Et pour une raison mystérieuse, Javier se surprit ce soir-là à devenir l'un et l'autre dans ses bras, un animal sauvage et un homme à part entière. Elle parut l'accepter comme tel. C'était un tort. Elle aurait dû le repousser. Depuis le début…

Mais non, elle avait choisi de rester avec lui.

Lorsqu'il plongea en elle, les yeux rivés aux siens, une violente secousse ébranla son corps, comme un foudroiement. Elle se redressa légèrement pour effleurer sa bouche. Il sentit des mots vibrer contre ses lèvres sans les comprendre, blotti dans la douceur brûlante de Violet, tandis qu'il décollait avec elle vers les étoiles, le plaisir crépitant sous sa peau comme les gouttes d'une averse drue.

Elle chuchota de nouveau quelque chose en approchant les lèvres de sa gorge.

— Je t'aime.

Ces mots qu'il s'était efforcé en vain de ne pas entendre tout à l'heure, il les sentit se graver en lui comme un tatouage indélébile.

— Je t'aime, répéta-t-elle. Je t'aime…

— Non !

Javier s'écarta pour enfouir les mains dans sa tignasse.

La panique montait sans raison apparente. Il n'était pas homme à s'affoler, pourtant. La peur lui était étrangère. Sa propre vie lui importait peu, seul son côté obscur l'effrayait. Peut-être était-ce le problème, en l'occurrence.

Sa faiblesse.

Cette envie qui le tenaillait de sombrer en elle. De tomber à ses genoux pour lui prêter allégeance, quand bien même elle exigerait qu'il se rebelle contre son frère, contre son peuple.

Elle ne ferait jamais une chose pareille, soit, mais il était tout de même au bord de lever l'ancre qui le retenait de faire le mal autour de lui. Le plus important, c'était Monte Blanco, et il devenait impossible pour lui de s'accrocher à ce repère.

— Navrée, dit Violet, je t'aime et tu ne peux pas dire le contraire.

— C'est impossible pour moi.

— Pourquoi donc ?

— Tu n'as pas écouté ce que je t'ai dit ? L'amour, c'est l'ennemi. De la magie, comme tu dis, oui, mais la magie peut amener le mal comme le bien…

— Et qu'est-ce qui t'empêche de croire qu'il n'y aura que du bien entre nous ?

— Je n'ai pas le droit me faire confiance, répliqua Javier.

Elle posa la main sur son torse. Aussitôt il l'arracha de là et regarda ailleurs, incapable de supporter la souffrance qui se peignit sur ses traits.

Il avait été faible, bien trop faible depuis le début pour se détourner du danger que représentait cette femme. Les opportunités n'avaient pas manqué pourtant, toutes ses défenses étaient en place, elle était destinée à son frère… Il aurait dû repérer d'emblée la menace qu'elle faisait peser sur son code de l'honneur personnel, alors qu'elle sapait d'un simple contact, d'un baiser, les bases qu'il avait posées. À la place, il était allé tempêter dans le bureau de Matteo pour le dissuader de l'épouser, l'empêchant ainsi de mener à bien ses projets pour le pays, cela uniquement parce qu'il voulait Violet pour lui. Il ne l'aurait jamais laissée partir, il serait retourné la chercher, pour sûr, à l'autre bout du monde.

Son frère lui avait alors offert une possibilité qui lui souriait et il l'avait saisie. C'était si facile de continuer à dévaler cette pente glissante. Il ne s'en était pas privé. Aujourd'hui, il en subissait les conséquences.

Violet l'aimait. Il ne pouvait pas lui rendre cet amour.

Non seulement il trahissait ainsi ses propres vœux solennels, mais à la fin des fins il la briserait elle aussi. Ce qui était inacceptable.

Leur mariage avait été prononcé, consommé, annoncé au monde entier. Revenir en arrière était exclu… Mais rien ne les obligeait à vivre maritalement. Il pouvait lui offrir la liberté qu'elle avait réclamée. Mais pas ce qu'elle lui demandait maintenant.

— L'amour n'est pas pour moi, Violet.

— Il ne t'inspire pas confiance, je le sais. Mais de ton côté tu dois comprendre que mes sentiments pour toi n'ont rien de commun avec ceux dont ton père s'est servi pour te manipuler.

— Me manipuler, vraiment ? Je suis peut-être simplement tombé dans la facilité.

— Me crois-tu vraiment capable de t'inciter au mal par la ruse ? Je serais ici en mission secrète pour détruire ton pays ?

— Non, marmonna Javier. Bien sûr que non. Mais on ne peut pas servir deux maîtres. Or mon seul maître doit être mon devoir envers mon peuple. C'est à lui que je dois fidélité.

— Alors laisse-moi entrer dans ton peuple, dit Violet. Fais en sorte que je devienne un de ceux dont tu te sens responsable. Ce n'est pas si difficile, il me semble.

Sans doute, songea-t-il. Sauf que cela ne correspondait pas à ses aspirations. De ce fait, elle se sentirait prisonnière toute sa vie, et il serait son geôlier. Il était bel et bien pris au piège. C'était trahir son allégeance à la nation, ou briser son épouse.

Violet méritait tellement mieux. Il tendit la main vers son poignet et défit le premier bracelet. Puis il déroula la chaîne dont elle l'avait ceinturé, avant de la libérer du second bracelet.

Elle le regarda faire, les yeux pleins de larmes.

— Qu'est-ce que tu fais ?

— Tu n'es pas ma captive. Je n'ai pas l'intention de t'enfermer.

— Tu me dis cela maintenant ? Alors que nous sommes mari et femme ? Alors que je viens de te déclarer que je t'aimais ? C'est maintenant que tu décides de me rendre ma liberté ?

— Nous devons rester mariés, c'est un fait. Un divorce aussi rapide ferait scandale. Mon frère prendrait assez mal cette perspective. Je ne souhaite pas non plus gâcher tout ce que tu as déjà accompli pour Monte Blanco. Mais sens-toi libre de retourner en Californie. De reprendre ta vie d'avant. Rien ne t'oblige à rester ici sous ma coupe.

— Et si je choisis de rester ?

— Ce choix t'appartient. Il ne changera pas ma position, ni mes priorités. Mon devoir est de penser d'abord à mon pays.

Violet quitta le lit et se campa au centre de la pièce, nue, dans toute sa splendeur rayonnante.

— Je t'aime, Javier. Cela, tu ne peux pas l'empêcher. Je t'aime…

Elle répétait ces mots comme une incantation, comme pour lui jeter un sort, changer le cœur même de son être, l'anéantir pour mieux le reconstruire ensuite… Comme si elle avait le pouvoir de faire disparaître la Bête et de faire réapparaître l'homme !

— Et moi, je ne peux pas aimer. C'est aussi simple que cela.

— Tu le peux, rétorqua Violet. Tu le peux ! Tu n'es pas devenu un monstre pour protéger le monde de tes méfaits. Tu te sens obligé d'en être un pour te protéger du monde, nuance. Tu as peur, Javier. Peur de souffrir encore. Cela, je peux le comprendre…

Ces paroles lui cinglèrent le cœur, pile dans la zone la plus tendre, la plus abîmée par les coups reçus dans le passé. Il n'aurait pas cru avoir la capacité d'éprouver une sensation aussi vive.

— Tu ne sais pas de quoi tu parles, murmura-t-il. Tu es à l'abri. Même la trahison de ton père n'était pas de taille à menacer ton confort. Il t'a vendue à un roi, une façon pour lui de t'offrir la gloire. Tu n'as aucune idée de ce contre quoi je lutte. Tu ne sais rien de la vraie souffrance. Moi je l'ai vue. Je l'ai même infligée. Et mon devoir est de tout faire pour que cela ne se reproduise plus. Tes répliques ne m'impressionnent pas, Violet King. Je ne suis pas un de tes *followers*. Les versions des faits trop faciles, trop rapides, très peu pour moi ! J'ai vu la douleur humaine de très près alors que j'en étais indirectement responsable. Si ma vie doit être vouée à racheter ces actes, afin d'assurer à mon prochain une vie simplement normale, qu'il en soit ainsi ! Mais ne viens jamais m'accuser d'avoir peur.

À ces mots, le visage de Violet se décomposa. Il la vit flancher pour la première fois et se détesta d'en être la cause. Arrachée à son bureau quelques semaines plus tôt pour atterrir dans un pays dont elle n'avait jamais entendu parler, cette femme était restée forte, stoïque, avec un esprit de repartie rare. Il venait de lui enlever cela, laminant une partie de son être.

Voilà bien la preuve qu'il était un monstre. La parcelle de lumière qu'elle lui avait insufflée avait commencé à disparaître chez elle, et il ne ferait que la détruire davantage au fil des ans.

— Si tu penses cela de moi, Javier, alors tu ne m'as guère prêté attention, dit-elle d'une voix brisée. Moi qui pensais que nos âmes se reconnaissaient mutuellement… Je savais que tu allais lire à ton tour le livre de contes. Je le savais ! Rappelle-toi, je suis allé droit dans la bibliothèque ce soir-là, sûre que tu irais te plonger dans ce conte pour voir si nous figurions dedans…

— Tu te méprends. Les réponses, je les avais déjà. La vie m'avait déjà présenté toutes les révélations possibles. Pour toi, c'était une première, il est normal que tu aies décelé un sens profond dans l'histoire. Tu auras au moins appris une leçon grâce à moi.

— Une leçon qui coûte cher, rétorqua sèchement Violet. Les vœux sacrés du mariage, c'était un peu excessif, non ?

— Encore une fois, nos vœux restent d'actualité.

— Pourquoi resterais-je ton épouse, si tu ne veux pas d'un vrai mariage ?

Javier se crispa, refoulant la terreur qui l'envahissait à l'idée de la perdre tout à fait. Il préférait de loin la garder séparée de lui physiquement.

— Fais ce que tu dois, dit-il en se penchant pour récupérer ses vêtements éparpillés sur le sol.

— Tu te rhabilles ? Où vas-tu ?

— Dehors.

— « Dehors » ? C'est tout ? Je n'aurais jamais cru que tu deviendrais un type aussi banal.

— Je ne te dois aucune explication. Je t'ai dit tout ce que tu avais besoin de savoir. Si tu as nourri des illusions à mon sujet, c'est ton problème.

Les dents serrées, Javier quitta la chambre, refermant avec soin la porte derrière lui. Sur leur couple. Sur la tentation.

À Violet de choisir maintenant. Lui, avait fait son devoir, au nom de l'honneur. Telle était son unique motivation, quoi qu'elle s'imagine.

Son cœur serré contait une histoire bien différente, mais il l'ignora. L'avantage de s'être mué en monstre, c'était que les émotions ne l'atteignaient plus.

13.

Sous le choc, Violet demeura prostrée au milieu du lit conjugal, seule, le soir de ses noces.

Elle avait conscience que ses sentiments poseraient problème à Javier. De là à anticiper une telle réaction de sa part…

Brusquement elle se sentit très seule. Ses proches étaient présents aujourd'hui, mais elle n'avait pas trouvé le temps de discuter longuement avec eux. Aurait-elle puisé de la force à leur contact ?

Elle pouvait appeler sa sœur. Minerva lui conseillerait sûrement de faire ce qui la rendait heureuse. Ajoutant, sur la base de son expérience avec Dante, que les hommes compliqués avaient parfois besoin de notre confiance pour trouver un beau jour le courage de croire en eux.

Qui l'avait aidée, elle, jusque-là ? Personne. Le contexte l'avait obligée à se débrouiller seule depuis son arrivée ici. Elle avait été jetée du jour au lendemain dans le grand bain de l'indépendance, loin des personnes les plus chères à son cœur, sur lesquelles elle s'appuyait depuis l'enfance…

Quelle ironie ! Il avait fallu qu'elle soit enlevée et entraînée à l'autre bout du monde pour prendre conscience qu'elle n'était pas complètement autonome. Cela n'ôtait rien à ce qu'elle avait construit de son côté, mais elle avait bénéficié longtemps du soutien de son père… Pour s'insurger ensuite parce qu'il contrôlait sa vie en douce. Ce système lui convenait tant qu'elle en tirait des bénéfices. Elle avait ainsi laissé Robert King investir de l'argent dans sa société lorsqu'elle en avait besoin. Il était un filet de sécurité.

Ici, maintenant, elle n'en avait plus aucun. Son cœur était en jeu, et elle seule pouvait arranger la situation.

Javier avait aussi ce pouvoir, mais il avait tout brisé, parce qu'il était effrayé. Quoi qu'il en dise, la peur était là… Normal, songea Violet. Certaines souffrances pouvaient laisser croire à un mauvais sort. Certaines trahisons pouvaient vous transformer.

À défaut de baguette magique pour renverser le cours des choses, le mieux était de faire appel à plus puissant encore.

La magie de l'amour.

Comment maintenant la mettre en application ? Elle n'avait pas les moyens de désenvoûter Javier, ni de faire advenir la fin heureuse du conte dans le monde réel… Mais la Bête n'était pas à l'extérieur, elle était en lui. Elle n'était pas le fruit des péchés de son père ni du sang versé à cause de lui. Elle n'était tissée que de peur.

Or l'amour et la peur ne faisaient pas bon ménage. Entre eux c'était un combat permanent. Aimer exigeait de la bravoure, la peur invitait à la fuite. Ainsi Javier, le plus fort, le plus courageux des hommes, se dérobait face à l'amour.

Elle était bien placée pour comprendre cette appréhension, elle qui avait aujourd'hui le cœur écorché vif. Son père avait déjà enfoncé une première flèche avec cette trahison qu'elle devrait un jour ou l'autre pardonner, en dépit de la souffrance…

Était-ce là le chemin juste ? Lui pardonner et l'aimer jusqu'à ce qu'il soit capable de l'aimer en retour ?

Sans réfléchir, elle se rhabilla à la hâte et se dirigea vers la bibliothèque.

Après tout, c'était là qu'elle avait trouvé quelques-unes des réponses qu'elle cherchait, l'autre fois. Peut-être pouvait-elle espérer en trouver d'autres aujourd'hui.

Elle voulait tellement comprendre. Les questions se

bousculaient dans sa tête. Comment en étaient-ils arrivés là ? Il avait eu tout le temps de lui rendre la liberté. Pourquoi maintenant ? Pourquoi avoir choisi ce moment pour lui proposer de retourner vivre loin de lui, en Californie ?

Il a attendu d'avoir la certitude que tu l'aimais.

Son cœur se contracta douloureusement à cette idée.

Javier n'avait pas bougé avant d'être sûr qu'elle resterait ici. Elle devait donc rester à tout prix, quand bien même la perspective de vivre avec un homme qui ne l'aimait pas semblait insurmontable.

À peine entrée dans la bibliothèque, Violet s'avança vers l'étagère du fond. Le recueil de contes ne s'y trouvait plus. Celui-là même qui renfermait leur histoire… Disparu.

Elle sentit un drôle de battement d'ailes dans sa poitrine. L'espoir, soudain, renaissait de ses cendres.

— Qu'est-ce que tu fabriques ici ?

Javier leva les yeux de son livre.

— Où pensais-tu me trouver ? répliqua-t-il sèchement à son frère.

— Certainement pas dans le donjon favori de papa, en tout cas. Un choix assez logique, néanmoins, pour qui cherche à se punir…

— Est-elle encore ici ?

— Qui donc ?

— Mon épouse.

— Pour autant que je sache, oui.

— En es-tu certain ?

— Les allées et venues de ta femme ne sont pas sous ma responsabilité, sauf erreur de ma part. C'était même un des avantages de te la confier. Que s'est-il passé ?

— Elle est amoureuse de moi.

— De toute évidence.

— C'est évident pour toi ?

— Ma foi, pas nécessairement pour moi. Ma souris a peut-être glissé une remarque en ce sens.

— Livia t'a dit quelque chose ?

— Seulement que Violet semblait profondément éprise de toi. Et qu'il valait mieux qu'elle ne m'ait pas épousé moi, tout bien considéré.

— Quelle sotte.

— Livia ? C'est la femme la moins sotte que je connaisse.

— Non. Violet. Nous aimer, toi ou moi, relève de la folie.

— Là, tu n'as pas tort, concéda Matteo.

— Alors tu comprendras que je lui aie répondu que je ne pouvais la tenir en plus haute estime que le destin de la nation.

— Est-ce un choix nécessaire ?

— Si Monte Blanco n'est pas ma motivation première, si autre chose prend le dessus, je deviendrai vulnérable.

— Vulnérable à quoi ?

Javier ouvrit grand les bras.

— À ceci… Tout ceci. Je risque de devenir comme notre père. Un homme ayant un donjon favori. Un homme semant le malheur autour de lui.

— Tu penses sérieusement qu'une simple distraction suffirait à faire de toi un tel personnage ?

— Ne nous sommes-nous pas promis de rejeter résolument tout ce qui pourrait nous rendre semblables à lui ?

— Sans doute, mais quelque chose me dit que ce n'est pas l'amour de cette femme qui t'exposera à ce risque. Ce serait plutôt le fait de t'aimer toi-même plus que tout, tu ne crois pas ? Une chose est sûre, notre père n'a jamais aimé quiconque. Sa corruption ne procède pas d'une quelconque affection pour nous, encore moins pour notre mère, disparue avant que tu aies même fait tes premiers pas.

— La vigilance reste de mise.

— Vis-à-vis de quoi ?

— Nous en avons parlé l'autre jour. Il serait si facile de

basculer dans une autre vie. Après tout, nous avons pris notre père pour un gentil parce que nous pensions l'aimer.

— Quel est ce livre sur tes genoux ?

— Un conte que lisait Violet. Une variante de *La Belle et la Bête*.

— Que crois-tu trouver dans cette histoire ?

— Je ne sais pas au juste. Un moyen de me transformer, parce que je suis à court d'idées. Une formule magique… Le but est d'être un homme pour elle, plutôt qu'un monstre.

— Et si tu n'avais pas besoin de changer, en fin de compte ? À la fin la princesse tombe amoureuse de la Bête sans qu'il y ait métamorphose, il me semble.

— Violet mérite mieux.

— Qu'a-t-elle demandé ?

— Rien, répondit Javier d'une voix enrouée.

— Alors pourquoi ne pas t'offrir à elle tel que tu es ?

— Parce que c'est ce que ferait notre père.

— Non ! Il ne lui laisserait pas le choix. Exactement comme moi au début, n'est-ce pas ? Il ferait ce qu'il veut sans tenir le moindre compte de ses désirs à elle. Retourne donc auprès de Violet et écoute-la, au lieu de suivre uniquement tes envies comme notre père. Prends l'autre en considération et vois où cela te mène.

— Au désastre, possiblement. Ou en enfer.

— Là où tu te trouves maintenant, comment te sens-tu ?

— Je vis l'enfer. Je me sens comme un imbécile figé devant un conte de fées dans l'attente vaine de réponses.

— Alors tu ne tomberas pas plus bas. Or j'ai besoin que tu sois opérationnel. Ressaisis-toi !

— Tu te fais l'avocat de l'amour et des fins heureuses maintenant ?

Matteo se mit à rire.

— L'opium des masses ? Jamais de la vie ! Mais si tu souhaites te fondre dans la foule, Javier, je ne t'en empêcherai pas. Et si tel est le désir de Violet, je me félicite encore une fois de ne pas l'avoir épousée. Je n'aurais jamais été capable de la satisfaire.

— Serais-tu hypocrite au point de préconiser pour moi ce que tu ne t'offriras jamais ?

— Je ne suis pas un hypocrite. Je ne suis qu'un roi. Un conseil, Javier, ne prends pas sur tes épaules les responsabilités que je porte. Contente-toi des tiennes. Tu es un guerrier. Là est ta place à Monte Blanco. La différence entre notre père et toi réside depuis toujours dans la compassion. C'est le spectacle de cette petite fille mariée de force qui t'a ouvert les yeux et transformé. Par la compassion, le soin, tu es devenu meilleur. Un soldat devrait toujours rechercher cet équilibre, tu ne crois pas ? De mon point de vue, l'amour te rendra plus fort dans ton travail.

— Et le roi ? répliqua Javier.

— La vulnérabilité sied mal à un souverain.

Matteo se détourna et ajouta après un bref silence :

— Mais ce pourrait bien être la seule chose empêchant la Bête d'être dangereuse. Si l'idée de faire le mal t'inquiète à ce point, réfléchis à cela.

Son frère l'abandonna sur ces mots, terré au fin fond du donjon, accroché à ce livre qui ne renfermait aucune solution. Qui il était, qui il pourrait devenir, qui il devait devenir… Toutes ces questions ne trouveraient de réponse qu'auprès de Violet, il le savait.

Si seulement il pouvait trouver la force en lui-même…

En attendant, peut-être pouvait-il en puiser chez Violet ?

Soudain le conte lui apparut sous un jour nouveau.

Les doigts tremblants, il feuilleta le livre jusqu'à la page comportant une illustration de la Bête immense et pataude face à la délicate jeune fille occupée à panser ses plaies.

Et s'il s'était trop concentré sur la métamorphose ?

S'il ne s'était pas assez interrogé sur le sens réel de l'histoire ?

La Belle était souvent présentée comme une victime

aux prises avec un monstre dangereux. Pourtant c'était elle qui transformait la Bête par la puissance de son amour.

À la fin, c'était la Belle qui détenait tout le pouvoir.

À la fin, c'était son amour qui faisait la différence.

Il n'avait plus qu'à se fier au pouvoir de Violet. À croire fermement que, comme dans le conte, elle était plus que capable de relever le défi de l'aimer.

14.

Elle n'était pas retournée en Californie.

Ses efforts sur les réseaux sociaux ayant contribué à un regain du tourisme à Monte Blanco, elle s'attelait à consolider le marché en collaboration avec l'office de tourisme et les commerçants tout en continuant à diriger sa propre entreprise, sa vice-présidente se chargeant de tenir la barre au siège de San Diego.

C'était dans la capitale qu'elle passait le plus clair de son temps. Elle avait loué des bureaux pour peaufiner son projet de création d'emplois locaux, à destination des femmes en particulier. Avec l'aide de Livia elle avait engagé des pourparlers pour la fabrication de ses produits et d'ores et déjà embauché quelques volontaires rencontrées dans un foyer pour s'occuper de la saisie de données. Elle organisait aussi des ateliers de formation, secondée par de nouvelles recrues sélectionnées par ses soins.

Tout cela aidait à la distraire un peu de la douleur qui lui élançait en permanence la poitrine.

Elle vivait toujours au palais, lequel était si vaste qu'il était facile de ne pas croiser Javier de la journée. D'autant que celui-ci se gardait de se montrer.

Il n'était pas revenu vers elle. Elle ne ferait pas le premier pas, mais elle était là, sur place. Car une partie d'elle-même était absolument convaincue que c'était nécessaire, afin de lui faire savoir qu'elle n'avait pas choisi la fuite. Elle avait opté pour cette vie. Ce n'était plus un enlèvement, mais un mariage, tout simplement.

À lui d'y mettre du sien maintenant, de définir précisément ses aspirations et les moyens de les concrétiser. Elle ne pouvait pas le faire à sa place, telle était sans doute la leçon la plus difficile de toutes. Si violente que soit son envie d'intervenir, elle n'avait pas les moyens de lui imposer une métamorphose sans son consentement.

Il devait d'abord accepter son amour et, pour le moment, il n'en semblait pas capable.

Elle promena les yeux sur le décor de son petit bureau, situé au dernier étage d'un bâtiment de pierres, juste au-dessus de la boutique du glacier. C'était si différent des baies vitrées modernes qu'elle avait laissées à San Diego. Le souvenir s'estompait peu à peu de l'entrepreneuse confiante et si fière de ses réalisations qui voulait du clinquant, des lignes pures.

Elle était toujours consciente de ses talents, mais elle avait trouvé quelque chose qui lui tenait davantage à cœur. Longtemps elle s'était consacrée exclusivement à son travail. Une façon de se protéger, elle le comprenait maintenant avec le recul, se soucier d'un autre que soi n'était pas de tout repos ! Mais cela l'incitait à aller chercher en elle une force nouvelle, ce qui était appréciable, quoique funeste pour le cœur.

Javier était unique. Jamais elle n'éprouverait des sentiments aussi forts pour un autre. Cela ne lui était jamais arrivé en vingt-six ans… Les occasions n'avaient pas manqué, pas une seule fois elle n'avait été tentée. Cela n'arriverait plus après lui. Pas comme cela… Elle s'épanouirait peut-être, mais ne tomberait plus amoureuse.

Des larmes lui piquèrent les yeux. Retomber amoureuse n'était pas dans ses intentions de toute façon, elle voulait juste l'aimer, lui, et qu'il l'aime en retour. Qu'importe que ce soit impossible aujourd'hui, l'espoir habitait son cœur, envers et contre tout.

Elle voulait y croire, à ce conte de fées, tout en redoutant que le monde réel interfère trop, que les méfaits paternels finissent par l'emporter. Si répugnant que soit ce monde-là, il fallait bien se résigner à cette éventualité.

Le cœur lourd, elle descendit au rez-de-chaussée, s'arrêta chez le glacier et s'acheta un cône en s'efforçant de ne pas pleurer lorsque le goût du chocolat lui rappela sa première visite avec Javier. Les propriétaires de la boutique n'avaient posé aucune question, semblant ne pas s'étonner de l'absence du prince alors qu'il ne la quittait pas d'une semelle les premiers temps. En outre, elle se doutait qu'elle n'avait pas bonne mine. Elle faisait face de son mieux, mais ce n'était pas facile. La force intérieure n'empêchait pas la nostalgie de l'amour perdu par la faute d'un dictateur cinglé qui avait perverti l'amour d'un petit garçon à des fins criminelles, au point de lui faire croire que le monstre, c'était lui.

En ressortant sur le trottoir, elle s'arrêta net.

Là, au fond d'une ruelle, une silhouette familière… Son cœur bondit jusque dans sa gorge.

— Livia m'a dit que je te trouverais peut-être ici, dit Javier.

— La traîtresse !

— Elle travaille pour mon frère, sa loyauté est indéfectible. J'avais besoin de te parler.

— Pourquoi ?

— Il faut que je sache… Je cherche des réponses, ailleurs que dans la sorcellerie. Je ne sais pas comment m'y prendre pour changer, avoua-t-il d'une voix rauque.

Devant son beau visage hanté, Violet se sentit fondre.

— Javier… La sorcellerie n'a rien à voir là-dedans. Dans toutes les histoires, dans tous les pays, ce n'est pas la magie qui transforme la Bête, c'est l'amour.

Javier cilla.

— Je sais. Mais j'ai lu et relu le conte, dit-il en brandissant le livre, et ce n'est pas la Bête la plus forte. C'est la Belle et son amour qui gagnent à la fin. Pourtant je ne suis toujours pas… réparé.

— En effet, dit Violet en s'approchant de lui, le cœur au galop. Mais ne comprends-tu pas ce qui change la Bête ? Ce n'est pas seulement l'amour de la Belle. C'est celui qu'il lui porte en retour. La magie est dans l'amour, Javier. Nous n'avons peut-être pas de sorcières et d'incantations à notre disposition, mais nous avons l'amour. C'est lui qui change les hommes.

Elle vit alors le visage de Javier s'ouvrir, et l'espoir refit surface dans toute sa gloire.

Il se secoua, tendit les bras et l'attira contre lui.

— C'est tout ? Je dois juste t'aimer ? Parce que ça, c'est déjà fait.

— Oui, chuchota-t-elle.

— Si je te faisais du mal… J'en ai déjà causé tellement, Violet. Le temps ne l'effacera jamais !

— Tu as raison, faire table rase du passé est impossible, mais les gens évoluent… Tu as changé, Javier. Cela n'efface rien, mais une vie à se torturer n'effacera rien non plus. Tu dois te pardonner.

— La seule idée de te blesser me terrifie plus encore que celle de te perdre. C'est cela que je ne peux pas accepter.

— Cela n'arrivera pas.

— Comment peux-tu en être si sûre ?

— Parce que j'ai vu le prince sous la Bête dès notre première rencontre. Je me suis fiée à ta parole alors même que je ne te connaissais pas. Tu sais le coût de l'égoïsme, tu ne le feras jamais subir à ton prochain. Si tu ressemblais à ton père, nous le saurions tous à ce stade. Il ne te reste qu'à le croire.

— Et si l'amour ne suffisait pas à me transformer ? demanda Javier d'une petite voix.

— Moi je t'aime déjà. Tu es le seul à penser que tu es un monstre, Javier. C'est toi qui as besoin de constater le changement, dit Violet en posant la paume sur sa joue. Pas moi.

— Je t'aime, dit-il. Et je… Tu as raison, je redoutais les conséquences. J'aimais aussi mon père alors qu'il était un monstre. Aveuglé par cet amour, je ne voyais que ce que je voulais voir. J'ai eu très peur de me fourvoyer de nouveau. Mais je crois… Je crois que le moment est venu d'accepter que je suis homme et, donc, faillible. Mais avec toi à mes côtés… Tu as le cœur charitable, Violet. Le secret est peut-être d'aimer les autres. De valoriser leurs opinions au lieu de s'enfermer à double tour dans son ego pour ne rendre de comptes à personne. Matteo m'a rappelé aujourd'hui que notre père n'avait jamais aimé que le pouvoir. Notre amour à nous me rendra meilleur. J'ai confiance. Ensemble, nous trouverons le bon et le juste.

Ce plaidoyer était sincère, il venait manifestement droit du cœur. Violet appuya la tête contre la poitrine de son époux.

— Bien sûr, dit-elle. Je ferai tout ce que tu voudras. Je serai tout ce dont tu auras besoin.

— Mais quel intérêt pour toi ? Que pourrai-je t'offrir ? J'ai besoin de toi. J'ai besoin que tu sois mon repère moral. J'ai besoin que tu m'aimes et me changes…

— Tu m'as montré ma force. Tu m'as donné le conte de fées que je cherchais sans le savoir et je suis devenue l'héroïne de mon histoire d'une façon que je n'aurais jamais crue possible. Tu es mon prince. Tu l'as toujours été, même lorsque tu étais la Bête.

Comme il esquissait un sourire, elle l'embrassa passionnément.

— Pour être honnête, dit-elle après avoir repris son souffle en le regardant droit dans les yeux, tu me plais bien en Bête… Bracelets, chaîne et impudeur compris. Car tu as toujours fait preuve d'une exquise délicatesse ensuite. Parce que tu sais quand être l'un ou l'autre. Un homme, une bête. C'est encore mieux que d'avoir seulement l'un des deux, je trouve. Cela te rend absolument parfait.

— Je me croyais condamné par mon père, soupira Javier.

— Les crimes de nos pères nous ont peut-être réunis, mais ils ne nous déterminent pas. Le choix nous appartient. Là réside la magie. Où que nous emmène la vie, nous avons toujours le pouvoir de choisir l'amour.

— Je choisis l'amour, dit-il. Je te choisis, toi.

— Moi aussi, dit Violet, cueillant son visage entre ses mains. Mais je t'avertis, j'ai une dette à collecter, prince Javier.

— Une dette ?

— Oui. Toi. Tu me dois ta personne jusqu'à la fin des temps. Et je compte prélever des intérêts chaque jour !

— Alors tu as de la chance. Je compte te donner tout ce que je suis, jusqu'aux fêlures les plus fragiles.

— Excellent ! Il se pourrait quand même que je fasse de toi mon prisonnier…

— Avec plaisir.

Violet fit mine de réfléchir.

— Quel sera mon donjon favori ?

— Peu importe, pourvu qu'il y ait un lit…

— Sur ce point, je suis d'accord. Avons-nous brisé la malédiction ?

— Je crois, oui.

— C'est de la pure magie, chuchota Violet.

— Ou simplement l'amour pur…

Épilogue

— Princesse Violet ? demanda une belle voix grave derrière Violet. Je viens collecter une dette…

Violet sourit et baissa les yeux vers le bébé endormi dans le berceau, sa petite Jacinta, avant de les relever vers son époux qui approchait avec un petit air espiègle.

L'homme et la bête réunis… C'était ainsi qu'elle l'aimait et cela lui convenait à merveille. Sauvage et tendre à la fois. Redoutable et plus que digne de confiance.

— Vraiment ? dit-elle. Aux dernières nouvelles, j'étais toujours la femme la plus riche du monde, et princesse par-dessus le marché. Je doute d'avoir une dette envers quiconque.

Elle avait continué de diriger son entreprise avec succès depuis Monte Blanco. Ce pays étant devenu le site touristique le plus photographié au monde, un phénomène dont l'ampleur ne cessait d'étonner depuis cinq ans. La demande flambait pour les cosmétiques de sa marque, désormais fabriqués ici pour la plupart.

— C'est une dette à régler avec ton corps, chuchota-t-il, lui arrachant un frisson. Et ton cœur.

Javier se révélait le meilleur des maris et le meilleur des papas. Il l'aimait plus encore après des années de mariage, sans qu'elle n'en doute jamais.

— Je voulais un baiser tout à l'heure, ajouta-t-il en lui mordillant l'oreille, mais tu étais trop occupée avec Jacinta et Carlos.

— Carlos avait du papier dans la bouche ! répliqua Violet, affectant un air horrifié devant les goûts déplorables de leur fils de trois ans.

— Et moi j'ai toujours besoin d'un baiser.

Violet s'empressa de le satisfaire.

— Ce n'est pas assez, grogna Javier.

Il sortit les mains de son dos, exhibant les bracelets incrustés de pierres précieuses.

Une onde d'impatience la parcourut.

— Voilà une dette dont il me tarde de m'acquitter…

Plus tard cette nuit-là, une fois cette dette réglée de bonne grâce, intérêts compris, Javier se pencha sur elle alors qu'elle paressait, comblée, alanguie contre lui.

— Tu avais raison, murmura-t-il, tu as des pouvoirs magiques. Tu m'as transformé à plusieurs reprises, tu sais.

— Vraiment ?

— Oui… J'étais un monstre sans cœur, tu as fait de moi un homme débordant d'amour. Puis un époux. Puis un père. Tu m'as appris à aimer, en somme. Tu m'as rendu mon intégrité.

— Oh ! Javier… C'est la plus belle des magies !

— Oui, ma princesse. La plus belle.

Vous avez aimé *Une farouche princesse* ?
Retrouvez en numérique l'histoire de Minerva King,
la sœur de Violet, dans
Mensonge et mariage de Millie Adams.

Retrouvez prochainement,
dans votre collection
AZUR

Amoureuse d'un roi, de Maisey Yates - N°4367
Parce qu'elle a grandi au royaume de Liri, Tinley a le sens du devoir. Pourtant, le jour où le roi Alexius de Prospero se met en tête de lui trouver un époux convenable, pour honorer une promesse faite à son père, elle est désespérée. Certes, si elle n'est pas mariée avant son vingt-troisième anniversaire, elle devra renoncer à son héritage. Mais comment pourrait-elle se résoudre à une union de convenance avec un inconnu quand, depuis toujours, elle brûle de désir pour Alexius ?

Danse avec un cheikh, de Clare Connelly- N°4368
Un vent de rébellion souffle en Johara. Pour quelques heures, elle veut tout oublier : son statut de princesse, ses responsabilités et le mariage auquel elle doit se soumettre pour assurer la paix dans la région… C'est à l'occasion d'un bal que sa vie bascule, entre les bras d'un sublime inconnu. Après la nuit torride qui les unit, Johara découvre en effet avec stupeur que son amant mystérieux n'est autre que le cheikh Amir d'Ishkana, qui voue une haine farouche à sa famille. Dès lors, Johara n'a d'autre choix que de conclure une alliance avec son ennemi et, pour cela, de le suivre dans son palais du désert…

Inoubliable promesse, de Kali Anthony - N°4369
Elle a rompu sa promesse, il ne le lui a jamais pardonné. Autrefois, Eve et Gage se sont follement aimés, malgré la haine qui opposait leurs familles respectives. Pourtant, la nuit où tous deux avaient convenu de fuir pour se marier en secret, Eve est restée. Pire, soumise à un odieux chantage de la part de son père, elle a dû rejeter l'homme de sa vie… Depuis, leurs sociétés se livrent une guerre impitoyable, nourrie par le ressentiment de Gage. Et s'il a demandé à la revoir, sept ans après leur séparation dramatique, c'est pour lui annoncer qu'il a gagné la bataille. Eve perdra tout, à moins qu'elle ne répare ce qu'elle a autrefois brisé… en l'épousant !

L'épouse de Leon Petrakis, de Dani Collins - N°4370
Une liaison passionnée, un mariage éclair – puis la rupture, inévitable. Cinq ans plus tôt, Leon Petrakis est sorti de la vie de Tanja aussi vite qu'il y était entré, lui brisant le cœur au passage. Si depuis lors son époux ne lui a donné aucune nouvelle, il débarque soudain sur l'île d'Istuval, à son grand soulagement, pour la tirer de la situation périlleuse dans laquelle elle se trouve. À présent qu'ils sont réunis, Tanja exige de Leon qu'il joue enfin auprès d'elle son rôle de mari, du moins officiellement. Car, si le côtoyer de nouveau est une perspective qui la bouleverse, c'est à ce prix seulement qu'elle pourra adopter le bébé qu'elle aime déjà plus que tout au monde…

Une dangereuse héritière, de Maya Blake - N°4371

Parce qu'il est le dernier des Fiorenti, Maceo a une responsabilité : faire prospérer l'empire familial bâti par ses aînés dans le secteur de la confiserie. Hélas, alors que Casa di Fiorenti aurait dû lui revenir exclusivement, il découvre qu'une part de la société appartient désormais à Faye Bishop, une parfaite inconnue. Quelle est cette héritière qui menace brusquement ce à quoi il a consacré toute sa vie ? Déterminé à le découvrir, Maceo la convoque dans sa villa de Capri. Or cette rencontre ne fait qu'attiser sa méfiance. Car sous les dehors innocents de la belle, il en est sûr, se cache une croqueuse de diamants…

Fiancée à un milliardaire écossais, de Louise Fuller - N°4372

Rompre ses fiançailles avec Farlan Wilder est la décision la plus difficile que Lady Antonia ait jamais prise. Si elle a dû suivre les injonctions de sa famille, sa rupture avec le bel Écossais a laissé un grand vide en elle. Aussi, quand elle revoit Farlan après sept années de regrets et de solitude, Antonia se sent revivre. Hélas, s'il est de retour à Lamington Hall, le manoir familial, ce n'est pas pour renouer avec elle mais pour lui rappeler sa trahison. Plus encore, Farlan est là pour assouvir sa vengeance…

Rencontre au palais, de Jessica Gilmore - N°4373

Emilia retient son souffle tandis qu'elle découvre le palais royal d'Armaria. Le bal d'été qu'elle est chargée d'organiser au château restera dans les annales, c'est certain ! Aussitôt, elle se met à l'ouvrage, résolue à se montrer à la hauteur de l'événement. Lorsqu'elle rencontre un bel inconnu dans les jardins secrets, elle croit vivre un conte de fées. Se pourrait-il qu'elle ait trouvé l'amour dans ce lieu enchanteur ? Rien n'est moins sûr, car celui qui a fait chavirer son cœur n'est autre que Laurent, le souverain d'Armaria. Un homme qui lui sera à jamais inaccessible…

Ce patron si secret, de Susan Meier - N°4374

SÉRIE : *LES MILLIARDAIRES DE MANHATTAN* - 3/3

La vie de Danny Manelli ne sera plus jamais la même. Il vient de découvrir qu'il est l'un des héritiers d'un milliardaire mais surtout, qu'il a un fils de deux ans ! Parce qu'il ne connaît rien aux enfants, Danny s'empresse de recruter une nourrice, en la personne de Marnie Olsen. Si la jeune femme se révèle parfaite auprès du petit garçon, elle est bientôt source d'inquiétude pour Danny. En effet, le désir qui le pousse vers elle est aussi intense que malvenu. Et puis, il a l'impression que Marnie lui dissimule un secret…

Liaison à Saint-Pétersbourg, d'Abby Green - N°4375

SÉRIE : *LA DYNASTIE MARCHETTI* - 2/3

Un inconnu d'une beauté à couper le souffle. Sans réfléchir, Zoe saisit son appareil pour le prendre en photo. Un bien mauvais réflexe, car l'Apollon se révèle être Maks Marchetti. Un homme d'affaires qui, poursuivi depuis toujours par les paparazzis, tient à tout prix à préserver sa vie privée. Malgré leur rencontre houleuse, Zoe et Maks sont immédiatement liés par un désir intense et entament une liaison dont ils savent qu'elle sera éphémère. Seulement, à mesure que Zoe passe du temps dans les bras de son amant, à Saint-Pétersbourg ou Venise, elle sent poindre en elle des sentiments interdits...

La tentation d'une innocente, de Jackie Ashenden - N°4376

SÉRIE : *LA COURONNE D'AXIOS* - 2/2

Avec humilité, Anna pénètre dans le palais royal d'Axios, une forteresse médiévale nichée au pied des montagnes. Et dire que c'est dans ce lieu grandiose et chargé d'histoire qu'elle vivra, avant d'entrer dans les ordres ! Pour une raison qu'elle ne s'explique pas, elle a en effet été recommandée par la mère supérieure auprès du roi lui-même pour être la préceptrice de la princesse sa fille. Est-elle seulement qualifiée pour le poste ? Les doutes d'Anna grandissent encore lorsqu'elle fait la rencontre du souverain. Car Adonis Nikolaides éveille aussitôt en elle un trouble inédit, intense... et interdit.

Une exquise vengeance, de Tara Pammi - N°4377

Le plan de Riya est simple : faire croire à Nathaniel Keys qu'elle s'apprête à vendre le manoir familial pour l'obliger à revenir au domaine et faire la paix avec son père. Elle ne supporte plus de voir le vieil homme, qui l'a élevée comme sa propre fille, souffrir de l'absence de son fils unique. Ce qu'elle n'avait pas prévu, c'est que l'adolescent d'autrefois se serait mué en homme impitoyable. Un homme qui, furieux d'avoir été piégé, a pris le contrôle de l'entreprise qu'elle a créée et menace aujourd'hui de licencier tous ses employés. Malgré elle, Riya doit se rendre à l'évidence : elle est à la merci de Nathaniel. Et, à en juger par la lueur prédatrice qui brille dans son beau regard azur, elle devine qu'il entend profiter pleinement de sa vengeance...

PASSIONS

Rêve. Trahison. Tentation.

Un homme et une femme.
Deux héros que tout oppose.
Ils n'ont rien en commun…
Ils ne croient plus en l'amour…
Ils sont amants… Ils sont rivaux…
Ils n'étaient pas censés s'aimer.
Et pourtant…
Ils vont renouer avec la passion.

6 livres à découvrir tous les mois.